Scherz Krimi
Spannung mit Niveau

D1849324

Von Agatha Christie sind erschienen:

Das Agatha Christie Lesebuch
Alibi
Alter schützt vor Scharfsinn nicht
Auch Pünktlichkeit kann töten
Auf doppelter Spur
Der ballspielende Hund
Bertrams Hotel
Der blaue Expreß
Blausäure
Das Böse unter der Sonne oder
Rätsel um Arlena
Die Büchse der Pandora
Der Dienstagabend-Klub
Ein diplomatischer Zwischenfall
Dreizehn bei Tisch
Elefanten vergessen nicht
Die ersten Arbeiten des Herkules
Das Eulenhaus
Das fahle Pferd
Fata Morgana
Das fehlende Glied in der Kette
Ein gefährlicher Gegner
Das Geheimnis der Goldmine
Das Geheimnis der Schnallenschuhe
Das Geheimnis von Sittaford
Die großen Vier
Das Haus an der Düne
Hercule Poirots größte Trümpfe
Hercule Poirot schläft nie
Hercule Poirots Weihnachten
Karibische Affäre
Die Katze im Taubenschlag
Die Kleptomanin
Das krumme Haus
Kurz vor Mitternacht
Lauter reizende alte Damen
Der letzte Joker
Die letzten Arbeiten des Herkules
Der Mann im braunen Anzug
Die Mausefalle und andere Fallen
Die Memoiren des Grafen
Mit offenen Karten
Mörderblumen
Mördergarn
Die Mörder-Maschen
Mord auf dem Golfplatz
Mord im Orientexpreß
Mord im Pfarrhaus
Mord im Spiegel
oder Dummheit ist gefährlich
Mord in Mesopotamien
Mord nach Maß
Ein Mord wird angekündigt
Die Morde des Herrn ABC
Morphium
Nikotin
Poirot rechnet ab
Rächende Geister
Rotkäppchen und der böse Wolf
Ruhe unsanft
Die Schattenhand
Das Schicksal in Person
Schneewittchen-Party
Ein Schritt ins Leere
16 Uhr 50 ab Paddington
Der seltsame Mr. Quin
Sie kamen nach Bagdad
Das Sterben in Wychwood
Der Tod auf dem Nil
Tod in den Wolken
Der Tod wartet
Der Todeswirbel
Tödlicher Irrtum
oder Feuerprobe der Unschuld
Die Tote in der Bibliothek
Der Unfall und andere Fälle
Der unheimliche Weg
Das unvollendete Bildnis
Die vergeßliche Mörderin
Vier Frauen und ein Mord
Vorhang
Der Wachsblumenstrauß
Wiedersehen mit Mrs. Oliver
Zehn kleine Negerlein
Zeugin der Anklage

Agatha Christie

Morphium

Scherz
Bern – München – Wien

Überarbeitete Fassung der einzig berechtigten Übertragung
aus dem Englischen
Titel des Originals: »Sad Cypress«
Schutzumschlag von Heinz Looser
Foto: Thomas Cugini

19. Auflage 1991, ISBN 3-502-51172-1
Copyright © 1939, 1940 by Agatha Christie
Gesamtdeutsche Rechte beim Scherz Verlag Bern und München
Gesamtherstellung: Ebner Ulm

»Elinor Katharine Carlisle. Sie sind angeklagt des Mordes an Mary Gerrard, begangen am 27. Juli dieses Jahres. Bekennen Sie sich schuldig oder nicht schuldig?«

Elinor Carlisle stand sehr gerade, den Kopf erhoben. Es war ein anmutiger Kopf, das Gesicht klar und gutgeschnitten. Die Augen waren von tiefem Blau, die Haare schwarz, die Brauen bis auf eine schmale Linie gezupft.

Schweigen – ein deutlich wahrnehmbares Schweigen.

Sir Edwin Bulmer, der Verteidiger, dachte bestürzt: Mein Gott, sie wird sich schuldig bekennen ... Die Nerven haben sie im Stich gelassen ...

Elinor Carlisles Lippen öffneten sich:

»Nicht schuldig.«

Der Verteidiger lehnte sich zurück. Er fuhr sich mit dem Taschentuch über die Stirn – um ein Haar wäre die Sache schiefgegangen!

Der Staatsanwalt, Sir Samuel Attenbury, erhob sich und skizzierte den Fall noch einmal.

»Eure Lordschaft, meine Herren Geschworenen, am 27. Juli um halb vier Uhr nachmittags starb Mary Gerrard in Hunterbury in Maidensford ...«

Er sprach weiter, wohlklingend, angenehm; seine Stimme lullte Elinor ein. Aus der einfachen, knappen Zusammenfassung drang hie und da ein Satz in ihr Bewußtsein.

»... Der Fall ist ein besonders einfacher und klarer ...«

»... Es ist Pflicht der Staatsanwaltschaft, das Motiv und die Gelegenheit zu beweisen ...«

»... Soweit man es beurteilen kann, hatte niemand einen Grund, dieses unglückliche Mädchen zu töten, außer der Angeklagten. Mary Gerrard, ein liebenswürdiges junges Mädchen – bei jedermann beliebt – man könnte sagen, ohne jeden Feind ...«

Mary, Mary Gerrard! Wie fern das alles jetzt schien! Gar nicht mehr wirklich ...

»Ich möchte Ihre Aufmerksamkeit besonders auf die folgenden Erwägungen lenken:
1. Welche Gelegenheiten und Mittel hatte die Angeklagte, um Gift zu verabreichen?
2. Welches Motiv hatte sie?
Es wird meine Pflicht sein, Zeugen aufzurufen, die Ihnen helfen sollen, die richtigen Antworten auf diese Fragen zu finden . . .«
»Ich werde mich hinsichtlich der Vergiftung von Mary Gerrard bemühen, Ihnen zu zeigen, daß niemand Gelegenheit hatte, dieses Verbrechen zu begehen, außer der Angeklagten . . .«
Elinor fühlte sich wie in einem dichten Nebel gefangen. Nur noch vereinzelte Worte drangen bis zu ihr durch.
». . . Belegte Brötchen . . .«
». . . Fischpaste . . .«
». . . Leeres Haus . . .«
Die Worte stachen durch die dichte Hülle ihrer Gedanken – wie Nadelstiche durch einen Schleier . . .
Das Gericht. Gesichter. Reihen von Gesichtern! Besonders ein Gesicht mit großem schwarzem Schnurrbart und klugen Augen. Hercule Poirot, den Kopf ein wenig zur Seite geneigt, beobachtete sie mit nachdenklichen Augen.
Sie dachte: Er bemüht sich, ganz genau zu sehen, warum ich es tat . . . Er versucht, sich in mich hineinzuversetzen, um zu begreifen, was ich dachte – was ich fühlte . . .
Fühlte . . .? Ein verwischter Fleck – ein leicht übles Gefühl von Schreck . . . Roddys Gesicht – sein liebes, liebes Gesicht mit der länglichen Nase, dem empfindsamen Mund . . . Roddy! Immer Roddy! – Immer, seit sie denken konnte . . . seit jenen Tagen in Hunterbury in den Himbeeren und oben bei den Kaninchen und unten am Bach, Roddy – Roddy – Roddy . . .
Andere Gesichter! Schwester O'Brien mit leicht geöffnetem Mund, das sommersprossige frische Gesicht vorgestreckt. Schwester Hopkins – ehrbar und unerbittlich. Pe-

ter Lords Gesicht – Peter Lord – so gütig, so vernünftig, so – so tröstlich! Doch jetzt sah er – wie sah er nur aus – verloren? Ja – verloren! Bekümmert – entsetzlich bekümmert über all das! Während sie, die Hauptperson, gar nicht bekümmert war!
Da stand sie ganz kühl und ruhig in der Anklagebank, des Mordes angeklagt. Vor Gericht stand sie.
Etwas rührte sich in ihr; die dichten Schleier um ihr Hirn lichteten sich – wurden geisterhaft dünn. Vor Gericht! . . . Leute . . . Leute, die sich vorbeugten, mit offenen Mündern, hervorquellenden Augen, die sie, Elinor, mit widerlicher Sensationsgier anstarrten – die mit trägem, grausamem Wohlgefallen dem lauschten, was der Mann mit der krummen Nase über sie sagte.
»Die Tatsachen in diesem Fall sind außerordentlich leicht darzustellen und unbestritten. Von allem Anfang an . . .«
Der Anfang . . . Der Anfang? Der Tag, an dem der scheußliche, anonyme Brief kam! Das war der Anfang . . .

1

Ein anonymer Brief!
Elinor Carlisle stand da wie versteinert. Sie hatte noch nie so etwas bekommen. Es war kein angenehmes Gefühl. Ungelenk geschrieben, mit mangelhafter Orthographie, stand da auf billigem rosa Papier:

Dieß ist eine Waarnung.
Ich nenne keine Namen, aber Jemand tut Ihrer Tante schön, und wenn Sie nicht aufpassen, komen Sie um alles. Mädels sind sehr schlau, und alte Damen werden weich, wenn Junge sich bei ihnen einschmeicheln. Was ich sage, ist, Sie sollten herkomen und selbst schauen, was vorgeht, es ist nicht recht, daß Sie und der junge Herr

um das komen, was Ihnen zusteht – und sie ist sehr schlau, und die alte Dame kann plötzlich weg sein.

Gut Freund.

Elinor starrte noch immer mit Widerwillen auf dieses Schreiben, als sich die Tür öffnete. Das Mädchen meldete »Mr. Welman«, und Roddy trat ein.

Roddy! Wie immer, wenn sie Roddy sah, empfand Elinor einen leichten Schwindel, eine plötzliche Freude, ein Gefühl, das sie zwang, betont sachlich und unbewegt zu erscheinen. Weil so völlig klar war, daß Roddy, obwohl er sie liebte, doch nicht dieselben heftigen Gefühle für sie hegte wie sie für ihn. Bei seinem Anblick pochte ihr Herz so stark, daß es beinahe schmerzte. Lächerlich, daß ein Mann – ja, ein vollkommen gewöhnlicher junger Mann – imstande sein sollte, einem das anzutun! Daß sein bloßer Anblick bewirkte, daß sich alles um einen drehte, daß man beim Klang seiner Stimme – nur ein klein wenig – hätte weinen mögen ... Liebe sollte doch eine freudige Empfindung sein – nicht etwas, das einem so schrecklich weh tat ...

Eines war klar: Man mußte sehr auf der Hut sein, um nur ja recht ungezwungen und kühl zu wirken. Die Männer mochten Hingabe und Anbetung nicht. Roddy ganz bestimmt nicht.

Sie sagte leichthin:

»Hallo, Roddy!«

»Hallo, Liebling. Du schaust ja ganz tragisch drein. Eine Rechnung?«

Elinor schüttelte den Kopf.

»Es ist ziemlich abscheulich. Ein anonymer Brief.«

Roddys Augenbrauen hoben sich.

Elinor wiederholte:

»Es ist ziemlich abscheulich ... wahrscheinlich ist es am besten, wenn ich ihn gleich zerreiße.«

Roddy und anonyme Briefe waren zwei Dinge, die nichts

miteinander zu tun haben sollten. Sie hätte den Wisch fortwerfen und einfach vergessen können. Roddy hätte sie nicht daran gehindert. Sein Widerwille gegen derlei war bei weitem stärker als seine Neugier.

Doch plötzlich entschied sie sich anders.

»Vielleicht solltest du ihn doch erst lesen. Dann wollen wir ihn verbrennen. Es geht um Tante Laura.«

Roddy zeigte sich erstaunt.

»Tante Laura?«

Er nahm den Brief, las ihn, runzelte angeekelt die Stirn und gab ihn zurück.

»Ja«, sagte er, »am besten verbrennen! Wie merkwürdig manche Leute doch sind!«

»Einer von der Dienerschaft – was meinst du?«

»Vermutlich.« Er zögerte. »Ich möchte wissen, wer – wer die Person ist – die da erwähnt wird?«

Elinor erwiderte nachdenklich:

»Es muß Mary Gerrard sein.«

Roddy zog die Stirn noch krauser und strengte sein Gedächtnis an.

»Mary Gerrard? Wer ist das?«

»Die Tochter der Leute im Pförtnerhaus. Du mußt dich doch an sie erinnern! Tante Laura hatte sie immer recht gern. Sie zahlte für ihre Schule und Extra-Unterricht – Klavierstunden, Französisch und anderes.«

»Ach ja, jetzt erinnere ich mich: ein mageres Ding, nur Arme und Beine, mit einer Menge wirrem blondem Haar.«

Elinor nickte.

»Ja, du hast sie wahrscheinlich schon ewig nicht mehr gesehen. Du warst natürlich nicht so oft in Hunterbury wie ich.«

»Wie sieht sie jetzt aus?« fragte Roddy.

»Sie ist sehr hübsch geworden, hat gute Manieren und so weiter. Man würde sie nie für die Tochter des alten Gerrard halten.«

»Ganz Dame geworden, wie?«
»Ja. Ich glaube, deshalb vertragen sie sich im Pförtnerhaus auch nicht gut. Mrs. Gerrard ist doch vor einigen Jahren gestorben, und Mary und ihr Vater kommen überhaupt nicht miteinander aus. Er verhöhnt sie wegen ihrer Erziehung und ihrer feinen Manieren . . .« Sie ist vermutlich wirklich viel im Haus . . . Ich weiß, sie liest Tante Laura seit deren Schlaganfall vor.«
»Warum kann ihr die Pflegerin nicht vorlesen?«
»Schwester O'Brien hat einen irischen Akzent, der einem durch Mark und Bein geht! Ich wundere mich nicht, daß Tante Laura Mary vorzieht.«
Roddy ging ein paar Minuten nervös im Zimmer auf und ab. Dann sagte er:
»Weißt du, Elinor, ich glaube, wir sollten hinfahren.«
»Wegen diesem da –?«
»Nein, nein, durchaus nicht . . . ach, hol's der Teufel – man muß ehrlich sein, nun ja! Gemein, wie die Mitteilung ist, ein Fünkchen Wahrheit mag drinstecken. Ich meine, die alte Frau ist recht krank –«
»Ja, Roddy.«
Er sah sie mit seinem bezaubernden Lächeln an – er gab die Schwäche der menschlichen Natur zu.
»Und es liegt uns doch an dem Geld – dir wie mir, Elinor.«
Sie stimmte schnell zu: »O ja, natürlich.«
Er sagte ernst:
»Nicht, daß ich geldgierig bin. Aber schließlich hat Tante Laura immer wieder gesagt, daß wir beide ihre ganze Familie sind. Du bist ihre leibliche Nichte, das Kind ihres Bruders, und ich bin der Neffe ihres Mannes. Sie hat uns immer zu verstehen gegeben, daß nach ihrem Tod alles, was sie hat, dir oder mir, wahrscheinlich aber uns beiden zukommen würde. Und – es ist eine recht beträchtliche Summe, Elinor.«
»Ja«, sagte Elinor nachdenklich. »Höchstwahrscheinlich.«
»Es ist keine Kleinigkeit, Hunterbury zu halten.« Er

machte eine Pause. »Onkel Henry war, was man recht wohlhabend nennen könnte, als er deine Tante heiratete. Und sie war eine reiche Erbin. Sie und dein Vater hatten ein schönes Vermögen geerbt. Schade, daß dein Vater durch Spekulationen den größten Teil wieder verloren hat.«

»Der arme Vater hatte nie viel Geschäftssinn.« Elinor seufzte. »Er machte sich große Sorgen, bevor er starb.«

»Ja, Tante Laura hatte einen viel besseren Kopf dafür als er. Sie heiratete Onkel Henry, und sie kauften Hunterbury. Sie erzählte mir neulich, daß sie bei der Anlage ihres Geldes immer sehr viel Glück gehabt habe.«

»Onkel Henry hinterließ ihr doch alles, als er starb, nicht?«

Roddy nickte.

»Ja, tragisch, daß er so früh sterben mußte. Und sie hat nicht wieder geheiratet, die treue alte Seele! Sie war immer sehr gut zu uns. Sie behandelte mich, als ob ich ihr leiblicher Neffe wäre. Wenn ich in der Klemme saß, half sie mir wieder raus; glücklicherweise passierte mir das nicht allzu oft!«

»Mir gegenüber hat sie sich auch sehr großzügig gezeigt«, sagte Elinor dankbar.

»Ja, Tante Laura ist ein Prachtmensch«, bekräftigte Roddy. »Aber weißt du, Elinor, wir beide leben, vielleicht ohne es zu wollen, auf ziemlich großem Fuß, wenn man unsere tatsächlichen Mittel in Betracht zieht!«

Sie nickte etwas kläglich:

»Da hast du schon recht . . . Es kostet alles so viel – dic Kleidcr und die Kosmetika – und dumme kleine Sachen wie Kino und Cocktails – sogar die Grammophonplatten!«

»Du bist wirklich eine der Lilien auf dem Felde, Liebling, nicht?«

»Meinst du, ich sollte etwas tun, Roddy?«

Er schüttelte den Kopf.

»So wie du bist, gefällst du mir: zart und fern und ironisch. Ich möchte nicht, daß du auf einmal solide wirst; ich meine nur, wenn Tante Laura nicht wäre, müßtest du wahrscheinlich in irgendeiner scheußlichen Stellung arbeiten. Bei mir ist es schließlich genauso. Ich habe ja eine Stellung, aber bei Lewis & Hume ist es nicht allzu schwierig. Auf diese Weise behalte ich meine Selbstachtung – und vergiß nicht, daß ich mir keine Sorgen um die Zukunft machen muß – wegen Tante Lauras Erbschaft.«

»Wir scheinen ja beide recht habgierig zu sein, nicht?«

»Unsinn! Man hat uns zu verstehen gegeben, daß wir eines Tages Geld haben werden – und das ist alles. Natürlich beeinflußt diese Tatsache unser Benehmen.«

Elinor meinte nachdenklich:

»Tante Laura hat uns aber noch nie genau gesagt, wie sie uns ihr Geld hinterlassen will.«

»Na und? Aller Wahrscheinlichkeit nach wird sie es zwischen uns aufteilen; aber auch wenn das nicht der Fall sein sollte und sie alles oder den größten Teil dir, als ihrem eigenen Fleisch und Blut, hinterläßt – werde ich doch teilhaben daran, weil ich dich ja heirate, Liebling. Wenn sie umgekehrt meint, daß der Hauptanteil mir, als dem männlichen Vertreter der Welmans, zufallen soll, kommt es auch aufs gleiche heraus – weil du mich heiratest.«

Er lächelte ihr liebevoll zu.

»Ein Glück, daß wir einander lieben. Du liebst mich doch, Elinor?«

»Ja.« Sie sagte es kühl, beinahe förmlich.

»Ja!« ahmte Roddy sie nach. »Du bist anbetungswürdig, Elinor. Diese unnachahmliche Art von dir – fern – unberührbar – la Princesse Lointaine. Ich glaube, genau das ist es, was ich an dir so liebe!«

Elinor stockte der Atem.

»Das ist es?!«

»Ja.« Er runzelte die Stirn. »Manche Frauen sind so – ich

weiß nicht – so besitzergreifend – so hündisch ergeben – und von Sentimentalität überfließend! Das hasse ich. Bei dir kenne ich mich nie aus – bin deiner nie sicher – jeden Moment könntest du deine Meinung ändern und in einer kühlen Art sagen, du habest es dir anders überlegt – ohne weiteres, ganz kalt – ohne mit der Wimper zu zucken! Du bist ein bezauberndes Wesen, Elinor, wie ein Kunstwerk, so – so vollendet . . .! Weißt du, ich glaube, wir werden eine vollkommene Ehe führen . . . Wir lieben einander genug und nicht zu sehr. Wir sind gute Freunde, haben eine Menge gleicher Neigungen, kennen einander durch und durch. Wir haben alle Vorteile der Vetternschaft ohne die Nachteile der Blutsverwandtschaft. Ich werde deiner nie müde werden, weil du so ein ungreifbares Wesen bist. Du könntest jedoch meiner müde werden. Ich bin so ein ganz gewöhnlicher Mensch.«

Elinor schüttelte den Kopf.

»Ich werde deiner nicht müde werden, Roddy – nie.«

»Mein Liebling.«

Nach einer Weile fuhr er fort:

»Tante Laura hat schon so ziemlich eine Ahnung, wie es um uns steht, denke ich, obwohl wir nicht dort waren, seit wir uns einig geworden sind. Das wäre doch ein Grund, um hinzufahren, nicht?«

»Ja. Ich dachte erst neulich –«

Roddy beendete den Satz für sie:

»– daß wir nicht so oft dort sind, als wir sollten. Dasselbe dachte ich auch. Die erste Zeit nach ihrem Schlaganfall fuhren wir beinahe jedes Wochenende hin. Und jetzt muß es schon fast zwei Monate her sein, daß wir dort waren.«

»Wir wären hingefahren, wenn sie nach uns verlangt hätte – sofort.«

»Ja natürlich. Und wir wissen, daß sie Schwester O'Brien gern hat und gut gepflegt wird. Trotzdem waren wir vielleicht doch ein wenig nachlässig. Ich spreche nicht vom Geldstandpunkt – nur vom rein menschlichen.«

Elinor nickte nur.
»Also hat dieser dreckige Brief doch etwas Gutes gehabt! Wir fahren hin, um unsere Interessen zu wahren und weil wir die liebe Alte gern haben!«
Er zündete ein Streichholz an und verbrannte den Brief.
»Wer den wohl geschrieben haben mag?« überlegte er. »Nicht, daß etwas daran läge ... Jemand, der auf unserer Seite ist. Vielleicht hat man uns sogar einen Dienst damit erwiesen ...«
»Wir fahren hin und werden selbst sehen ...«

Schwester O'Brien rauschte aus Mrs. Welmans Zimmer ins Badezimmer. Über die Schulter rief sie zurück:
»Ich setze schnell den Kessel auf. Sie werden eine Tasse Tee brauchen können, ehe Sie den Dienst übernehmen, was, Schwester?«
Schwester Hopkins erwiderte gemütlich:
»Ja, meine Liebe, eine Tasse Tee kann ich immer brauchen. Ich finde, es geht nichts über eine gute Tasse Tee – starken Tee!«
»Ich habe alles hier im Schrank – Teekanne, Tassen und Zucker –, und Edna bringt mir zweimal am Tag frische Milch herauf. Man braucht nicht fortwährend zu klingeln. Das Gas brennt gut, das Wasser kocht im Nu.«
Schwester O'Brien war eine große, rothaarige Person von dreißig Jahren mit blitzenden weißen Zähnen, einem sommersprossigen Gesicht und einem einnehmenden Lächeln. Durch ihre Heiterkeit und Vitalität war sie bei ihren Patienten sehr beliebt. Schwester Hopkins, die Gemeindeschwester, die jeden Morgen kam, um beim Bettenmachen und der Toilette zu helfen, war eine schlichte Frau mittleren Alters, tüchtig und flink.
Nun sagte sie anerkennend:
»Alles ist wohlgeordnet in diesem Haus.«
Die andere nickte.
»Ja, manches ein wenig altmodisch, keine Zentralhei-

zung, aber überall warm, und die Mädchen alle sehr gefällig, und Mrs. Bishop kümmert sich um jede einzelne.«
»Diese Mädchen heutzutage – stellen oft die Geduld auf eine harte Probe – die meisten wissen nicht, was sie wollen – und arbeiten tun sie auch nicht ordentlich.«
»Mary Gerrard ist ein liebes Mädchen«, sagte Schwester O'Brien. »Ich weiß wirklich nicht, was Mrs. Welman ohne sie täte.«
»Mary tut mir leid. Ihr Vater tut alles, um sie zu ärgern.«
»Bringt kein freundliches Wort heraus, der alte Brummbär«, nickte Schwester O'Brien. »Ah, der Kessel summt schon; sowie das Wasser kocht, gieße ich auf.«
Der Tee wurde zubereitet und heiß und stark eingeschenkt. Die zwei Pflegerinnen saßen dabei in Schwester O'Briens Zimmer neben Mrs. Welmans Schlafzimmer.
»Mr. Welman und Miss Carlisle kommen heute«, berichtete Schwester O'Brien. »Heute früh kam ein Telegramm.«
»Ah, meine Liebe, deshalb wirkte die alte Dame irgendwie aufgeregt. Sie sind schon längere Zeit nicht hier gewesen, wie?«
»Es muß mehr als zwei Monate her sein. So ein lieber junger Herr, der Mr. Welman. Aber sehr stolz sieht er aus.«
Schwester Hopkins erinnerte sich:
»Ihr Bild sah ich neulich im Modeblatt – mit Bekannten auf dem Rennplatz.«
»Sie hat immer so wundervolle Kleider, nicht wahr? Finden Sie sie wirklich so hübsch, Schwester?«
Schwester Hopkins zögerte.
»Es ist schwer zu sagen, wie diese Mädchen wirklich ausschauen unter der Schminke! Meiner Ansicht nach ist sie lange nicht so hübsch wie Mary Gerrard!«
Schwester O'Brien kniff die Lippen zusammen und legte den Kopf schief.
»Da haben Sie vielleicht recht. Aber Mary hat nicht das Auftreten!«

Schwester Hopkins meinte belehrend:
»Kleider machen Leute.«
»Noch eine Tasse, Schwester?«
»Danke, Schwester, warum nicht?«
Über den dampfenden Tassen rückten die Frauen ein wenig näher zusammen.
»Etwas Merkwürdiges ist heute nacht passiert«, begann Schwester O'Brien. »Ich ging um zwei Uhr zu meiner Patientin, um sie bequem zu betten, wie ich es immer tue, und sie lag wach da. Doch sie mußte wohl geträumt haben, denn als ich ins Zimmer kam, sagte sie: ›Die Fotografie. Ich muß die Fotografie haben.‹ Ich erwiderte: ›Ja, natürlich Mrs. Welman. Aber möchten Sie nicht lieber bis zum Morgen warten?‹ Und sie sagte: ›Nein. Ich will sie jetzt ansehen.‹ Also sagte ich darauf: ›Nun, wo ist diese Fotografie? Ist es die von Mrs. Roderick, die Sie meinen?‹ Und sie sagte: ›Roder-ick? Nein. Lewis.‹ Und ich mußte ihr helfen, sich aufzusetzen, dann nahm sie einen Schlüssel aus der kleinen Schachtel neben ihrem Bett und befahl mir, die breite Lade des Schranks zu öffnen, und darin war wirklich eine große Fotografie in einem silbernen Rahmen. So ein schöner Mann! Und quer über eine Ecke war ›Lewis‹ geschrieben. Alt war sie, muß schon vor vielen Jahren aufgenommen worden sein. Ich brachte sie ihr, und sie hielt sie fest und starrte sie lange an und murmelte nur ›Lewis – Lewis‹. Dann seufzte sie, gab mir das Bild wieder und sagte, ich solle es zurücklegen. Und was glauben Sie, als ich mich wieder umwandte, war sie sanft eingeschlafen wie ein kleines Kind.«
»War es ihr Mann?«
»Er war es nicht! Denn heute früh fragte ich Mrs. Bishop so beiläufig, wie denn der Vorname des verstorbenen Mr. Welman war, und sie sagte mir, er hieß Henry!«
Die beiden Frauen sahen sich vielsagend an. Schwester Hopkins hatte eine lange Nase, deren Spitze nun ein wenig zitterte vor freudiger Erregung.

»Lewis – Lewis. Ich möchte doch wissen ... Ich erinnere mich nicht an den Namen in dieser Gegend.«
»Es war vor vielen Jahren, meine Liebe«, gab die andere zu bedenken.
»Ja, natürlich, und ich bin ja erst seit ein paar Jahren hier. Ich möchte wissen –«
Schwester O'Brien wiederholte:
»Ein sehr schöner Mann. Sah aus wie ein Kavallerie-Offizier.«
Schwester Hopkins schlürfte ihren Tee.
»Das ist sehr interessant.«
Schwester O'Brien wurde romantisch:
»Vielleicht eine Jugendliebe, und der grausame Vater trennte sie ...«
Schwester Hopkins ergänzte mit einem tiefen Seufzer:
»Vielleicht ist er im Krieg gefallen ...«

Als Schwester Hopkins, angenehm angeregt vom Tee und den romantischen Assoziationen, endlich das Haus verließ, lief ihr Mary Gerrard nach.
»Ach, Schwester, darf ich Sie ins Dorf begleiten?«
»Natürlich dürfen Sie das, liebe Mary.«
Mary Gerrard sagte atemlos: »Ich muß unbedingt mit Ihnen sprechen. Ich mache mir solche Sorgen über alles.«
Die Ältere sah sie freundlich an.
Mit einundzwanzig Jahren war Mary Gerrard ein entzückendes Geschöpf, das an eine wilde Rose erinnerte: ein langer zarter Hals, hellgoldenes Haar, in natürlichen, weichen Wellen eng an den wundervoll geformten Kopf geschmiegt, und Augen von tiefem, lebhaftem Blau.
»Was ist denn los?«
»Ach, die Zeit vergeht und vergeht – und ich, ich tue gar nichts! Mrs. Welman ist ja so großzügig gewesen, hat all diese teuren Schulen für mich bezahlt. Ich habe

das Gefühl, daß ich jetzt anfangen sollte, meinen Lebensunterhalt zu verdienen. Ich sollte wenigstens eine Ausbildung anfangen.«
Schwester Hopkins nickte verständnisvoll.
»Das Schlimme ist nur, daß jede Art Ausbildung so teuer ist. Ich kann jetzt ziemlich gut Deutsch nach meinem Au-pair-Jahr in Deutschland und könnte vielleicht damit etwas anfangen. Aber eigentlich möchte ich doch Krankenpflegerin werden. Pflegen ist für mich das Schönste.«
Schwester Hopkins erklärte gänzlich unromantisch:
»Dafür muß man aber so stark sein wie ein Pferd, wissen Sie!«
»Ich bin stark! Und Mutters Schwester, die in Neuseeland, war Pflegerin, also hab ich's im Blut.«
»Unterrichten möchten Sie nicht?« schlug Schwester Hopkins vor.
»Dazu bin ich nicht gescheit genug.«
»Es gibt verschiedene Arten Verstand! Wenn Sie meinen Rat hören wollen, Mary, haben Sie noch etwas Geduld. Meiner Ansicht nach ist Mrs. Welman es Ihnen schuldig, Ihnen eine Berufsausbildung zu ermöglichen, und ich zweifle nicht, daß sie auch die Absicht dazu hat. Die Wahrheit ist jedoch, daß sie Sie liebgewonnen hat, daß sie Sie nicht verlieren möchte.«
Mary tat einen tiefen Atemzug. »Glauben Sie wirklich?«
»Ich zweifle nicht im mindesten daran! Da liegt sie, die arme alte Dame, mehr oder weniger hilflos, halbseitig gelähmt, und hat nichts und niemanden, der sie unterhalten könnte. Da bedeutet es viel für sie, ein frisches, hübsches junges Ding wie Sie um sich zu haben. Sie haben eine sehr nette Art im Krankenzimmer.«
Mary sagte leise:
»Wenn Sie das wirklich meinen – das freut mich wirklich . . . Die liebe Mrs. Welman, ich habe sie sehr, sehr gern! Sie war immer so gut zu mir. Ich möchte alles für sie tun!«

»Das beste, was Sie tun können, ist zu bleiben, wo Sie sind, und sich keine Sorgen mehr zu machen! Es wird nicht mehr lange dauern.«

»Meinen Sie . . .?«

Marys weitgeöffnete Augen sahen erschrocken drein.

Die Pflegerin nickte.

»Sie hat sich ja wunderbar erholt, aber es wird nicht für lange sein. Es wird ein zweiter und dann ein dritter Schlaganfall kommen. Ich kenne das nur zu gut. Haben Sie nur etwas Geduld, mein Kind. Wenn Sie die letzten Tage der alten Dame erhellen und sie zerstreuen, so ist das eine bessere Tat als viele andere. Alles weitere wird sich dann finden. Da kommt übrigens Ihr Vater aus dem Pförtnerhaus – aber nicht, um uns freundlich guten Tag zu sagen, nehme ich an!«

Sie näherten sich gerade dem großen eisernen Gittertor. Die zwei Stufen des Pförtnerhauses humpelte ein ältlicher Mann mit gebeugtem Rücken mühsam herunter.

»Guten Morgen, Mr. Gerrard«, grüßte Schwester Hopkins fröhlich.

Ephraim Gerrard erwiderte nur mürrisch:

»Ah!«

»Schönes Wetter«, meinte Schwester Hopkins.

»Vielleicht für Sie. Für mich nicht. Mein Hexenschuß tut höllisch weh.«

»Das war das nasse Wetter vorige Woche, vermute ich. Das heiße trockene Wetter wird da bald Abhilfe schaffen.«

Ihre berufsmäßig optimistische Miene schien den alten Mann zu ägern.

»Ihr Pflegerinnen – ihr seid doch alle gleich! Voll Heiterkeit, was die Leiden anderer Leute angeht! Und die Mary da redet auch davon, Pflegerin zu werden. Ich hätte gedacht, sie würde etwas Besseres werden wollen, mit ihrem Französisch und Deutsch und Klavierspielen

und allem, was sie in ihrer großartigen Schule und auf ihren Auslandsreisen gelernt hat!«
Mary erwiderte scharf:
»Pflegerin sein würde mir vollkommen genügen!«
»Ja, und am liebsten würdest du gar nichts machen, nicht wahr? Herumstolzieren und die feine Dame spielen! Müßiggehen, das ist es, was du möchtest, was?«
Mary wehrte sich mit Tränen in den Augen:
»Das ist nicht wahr, Vater, du hast kein Recht, so etwas zu sagen!«
Schwester Hopkins legte sich ins Mittel. »Das meinen Sie doch nicht ernst, was Sie da sagen, Gerrard! Mary ist ein braves Mädchen und Ihnen eine gute Tochter.«
Gerrard schaute seine Tochter mit einem Ausdruck purer Bosheit an.
»Das ist nicht mehr meine Tochter – mit ihrem Französisch-Parlieren und affektiertem Reden. Pah!«
Er wandte sich ab und ging ins Haus zurück.
Marys Augen standen voll Tränen.
»Da sehen Sie, Schwester, wie schwer es ist. Er ist so unvernünftig! Er hat mich nie recht mögen, auch nicht als kleines Mädchen. Da mußte die Mutter mich immer verteidigen.«
»Nun, nun, ärgern Sie sich nicht! Diese Dinge werden uns als Prüfung auferlegt! Herrgott, ich muß mich beeilen. Hab noch eine große Runde zu absolvieren diesen Vormittag.«
Während sie der rasch entschwindenden Gestalt nachsah, dachte Mary Gerrard traurig, daß einem niemand wirklich helfen konnte. Schwester Hopkins begnügte sich trotz all ihrer Freundlichkeit damit, ein paar Gemeinplätze vorzubringen und sie einem als neue Lösungen anzubieten.
Und Mary dachte trostlos: Was soll ich nur tun?

2

Mrs. Welman lehnte in ihren sorgfältig aufgetürmten Kissen. Sie atmete ein wenig schwer, aber sie schlief nicht. Ihre Augen – Augen so tiefblau wie die ihrer Nichte Elinor – blickten zur Decke empor. Sie war eine starke, schwere Frau mit schönem Adlerprofil. Ihr Gesicht verriet Stolz und Entschlossenheit.

Ihre Augen ruhten jetzt auf der Gestalt, die am Fenster saß. Sie ruhten zärtlich auf ihr – beinahe sehnsüchtig.

Endlich sagte sie: »Mary –«

Das Mädchen wandte sich rasch um.

»Oh, Sie sind wach, Mrs. Welman.«

»Ja, ich bin schon einige Zeit wach ...«

»Ach, das wußte ich nicht. Ich wäre –«

Mrs. Welman unterbrach sie:

»Nein, es ist schon gut. Ich dachte nach – dachte an viele Dinge.«

»Ja, Mrs. Welman?«

Der teilnehmende Blick, die aufmerksame Stimme zauberten einen zärtlichen Ausdruck auf das Gesicht der Älteren.

»Ich hab dich sehr lieb, mein Kind. Du bist sehr gut zu mir.«

»Oh, Mrs. Welman, Sie sind es, die gut zu mir gewesen ist. Ich weiß nicht, was aus mir geworden wäre ohne Sie! Sie haben alles für mich getan.«

»Ich weiß nicht ... ich weiß wirklich nicht ...« Die Kranke bewegte sich unruhig, ihr rechter Arm zuckte – der linke blieb reglos. »Man meint es gut, aber es ist so schwer zu wissen, was das Beste ist – was recht ist. Ich war meiner selbst immer zu sicher ...«

»O nein, Sie wissen bestimmt immer, was das Beste und das Rechte ist.«

Laura Welman schüttelte den Kopf.

»Nein – nein. Es quält mich. Ich hatte immer eine Haupt-

sünde, Mary: Ich bin stolz. Stolz kann vom Teufel sein. Er liegt uns im Blut. Elinor hat ihn auch.«
Mary warf schnell ein:
»Es wird angenehm für Sie sein, Miss Elinor und Mr. Roderick hier zu haben, es wird Sie aufheitern. Die beiden waren schon ziemlich lange nicht mehr da.«
»Es sind gute Kinder – sehr gute Kinder«, sagte Mrs. Welman leise. »Und haben mich alle beide gern. Ich weiß, ich brauche nur nach ihnen zu schicken, und sie kommen jederzeit. Aber ich mag das nicht zu oft tun. Sie sind jung und glücklich – haben das Leben noch vor sich. Es ist nicht nötig, sie vor der Zeit in die Nähe von Leiden und Verfall zu bringen ... Ich hoffte immer, sie würden einander heiraten, ohne ihnen das zu deutlich zu zeigen. Junge Leute sind so widerspenstig, es hätte vielleicht das Gegenteil bewirkt! Als sie noch Kinder waren, dachte ich, daß Elinor ihr Herz an Roddy verloren habe. Aber was ihn betrifft, war ich nicht sicher. Er ist ein merkwürdiger Mensch. Henry war genauso – sehr zurückhaltend und wählerisch ... Ach ja, Henry ...«
Sie schwieg eine Weile in Gedanken an ihren toten Gatten.
»So lang her ... so sehr lang ... Wir waren erst fünf Jahre verheiratet, als er starb. Doppelseitige Lungenentzündung ... Wir waren glücklich – ja, sehr glücklich; aber irgendwie erscheint es so unwirklich, jenes Glück. Ich war ein sonderbares, ernstes unreifes Mädchen – den Kopf voller Ideale und Heldenverehrung. Ohne Sinn für Realität ...«
Mary murmelte:
»Sie müssen sehr einsam gewesen sein – nachher.«
»Nachher? O ja – schrecklich einsam. Ich war sechsundzwanzig ... und jetzt bin ich über sechzig. Eine lange Zeit, meine Liebe ... eine lange, lange Zeit ...« Und dann stieß sie mit Bitterkeit hervor: »Und nun dies!«
»Ihre Krankheit?«

»Ja. Ein Schlaganfall ist das, was ich immer am meisten befürchtet habe. Diese beschämende Hilflosigkeit! Gewaschen und gepflegt zu werden wie ein Säugling! Außerstande, sich selbst zu helfen – es macht mich wahnsinnig! Die O'Brien ist ja gutmütig – das muß man ihr lassen. Sie macht sich nichts daraus, wenn ich sie anfahre, und ist blöder als die meisten. Aber es ist etwas anderes für mich, wenn du bei mir bist, Mary.«

»Wirklich?« Das Mädchen wurde rot. »Ich – ich bin so froh, Mrs. Welman.«

»Du hast dir Sorgen gemacht, nicht wahr? Wegen deiner Zukunft. Überlaß das nur mir, meine Liebe. Ich werde schon sehen, daß du die Mittel hast, unabhängig zu sein und einen Beruf zu ergreifen. Aber hab noch ein wenig Geduld – es bedeutet mir so viel, daß du bei mir bist.«

»Oh, Mrs. Welman, natürlich – natürlich! Ich möchte Sie um nichts in der Welt verlassen, und wenn Sie mich brauchen –«

»Ja, ich brauche dich ...« Die Stimme klang ungewöhnlich tief und voll. »Du – du bist ganz wie eine Tochter für mich, Mary. Ich habe dich hier in Hunterbury aufwachsen sehen von einem kleinen, unbeholfenen Ding zu einem schönen Mädchen ... Ich bin stolz auf dich, Kind. Ich hoffe nur, ich habe das Richtige für dich getan.«

»Oh, ganz gewiß, Mrs. Welman – es ist nur so, daß ich es nicht recht finde, daß ich nach allem, was Sie für mich getan haben, nichts arbeite. Ich – möchte nicht, daß man denkt, ich schmarotze bei Ihnen.«

Laura Welmans Stimme wurde plötzlich scharf.

»Also das hat dir Gerrard in den Kopf gesetzt? Achte nicht auf ihn, Mary; es war nie die Rede davon und wird es nie sein, daß du bei mir schmarotzen könntest! Ich bitte dich nur um meinetwillen, noch ein bißchen länger hierzubleiben. Es wird bald vorüber sein ...«

»O nein, Mrs. Welman, Dr. Lord sagt, Sie könnten noch viele Jahre leben.«

»Das wünsche ich mir aber gar nicht, danke schön! Ich sagte ihm neulich, daß ich in einem wirklich zivilisierten Staat nichts zu tun hätte, als ihm mitzuteilen, daß ich zu sterben wünsche, worauf er mich schmerzlos mit irgendeinem angenehmen Medikament ins Jenseits befördern würde. ›Und wenn Sie ein bißchen Mut hätten, Doktor‹, sagte ich, ›würden Sie es auch tun!‹«

Mary rief:

»Oh! Was sagte er?«

»Der respektlose junge Mann grinste mich nur an, meine Liebe, und meinte, er würde es nicht riskieren, aufgehängt zu werden. Er sagte: ›Wenn Sie mir Ihr ganzes Geld hinterließen, Mrs. Welman, wäre das natürlich etwas anderes.‹ Frecher junger Kerl. Aber ich mag ihn gut leiden. Seine Besuche tun mir gut, mehr als seine Medikamente!«

»Ja, er ist sehr nett«, sagte Mary. »Schwester O'Brien hält sehr viel von ihm und auch Schwester Hopkins.«

»Die Hopkins sollte wirklich mehr Verstand haben in ihrem Alter. Und die O'Brien, die zerfließt doch schon, wenn sie ihn nur sieht.«

»Arme Schwester O'Brien!«

Mrs. Welman nickte nachsichtig.

»Sie ist eigentlich ein ganz nettes Ding, aber alle Pflegerinnen gehen mir auf die Nerven; sie glauben immer, daß man um fünf Uhr früh ›eine gute Tasse Tee‹ möchte! Was war das? Ein Auto?«

Mary sah aus dem Fenster.

»Ja, es ist das Auto. Miss Elinor und Mr. Roderick sind angekommen.«

Mrs. Welman nickte ihrer Nichte herzlich zu.

»Ich freue mich sehr, Elinor, über dich und Roddy.«

»Das dachte ich mir, Tante Laura.«

Nach einem Augenblick des Zögerns fragte die Ältere:

»Du – du hast ihn doch wirklich gern, Elinor?«

Elinor hob die zartgezeichneten Brauen.
»Natürlich.«
Laura Welman sagte rasch:
»Du mußt verzeihen, liebes Kind. Weißt du, du bist so ... so zurückhaltend; es ist schwer zu erraten, was du denkst oder fühlst. Als ihr beide noch jünger wart, dachte ich, du beginnst vielleicht Roddy zu sehr – zu lieben ...«
Wieder hoben sich Elinors Brauen.
»Zu sehr?«
Die Ältere nickte.
»Ja. Es ist nicht klug, zu sehr zu lieben. Manchmal tut aber ein sehr junges Mädchen gerade das ... Ich war froh, als du zur Beendigung deiner Erziehung nach Deutschland gingst. Dann, als du zurückkamst, schienst du ganz gleichgültig gegen ihn – und – nun, das tat mir auch wieder leid! Ich bin eine langweilige alte Frau, schwer zufriedenzustellen! Ich habe mir immer eingebildet, daß du eine stark empfindende Natur bist – das Temperament hast, das unserer Familie eigen ist. Es ist keine sehr glückliche Gabe für seine Besitzer ... Aber, wie gesagt, als du so gleichgültig gegen Roddy zurückkehrtest, tat mir das leid, weil ich immer gehofft hatte, ihr zwei würdet zusammenfinden. Und jetzt ist es geschehen, und alles ist in Ordnung! Du liebst ihn wirklich?«
»Ich liebe Roddy genug und nicht zu sehr.«
Mrs. Welman nickte billigend.
»Ich glaube, dann wirst du glücklich sein. Roddy braucht Liebe – aber heftige Gemütsbewegungen mag er nicht. Es würde ihn irritieren, wollte man zu sehr auf seinen Besitzanspruch pochen.«
»Du kennst Roddy sehr gut!«
»Wenn Roddy dich ein klein wenig lieber hat als du ihn – nun, um so besser.«
Elinor kommentierte ironisch:
»Tante Emmas Ratschläge: ›Lassen Sie Ihren Freund im ungewissen! Er soll Ihrer nicht zu sicher sein!‹«

Laura Welman fragte forschend:
»Bist du unglücklich, Kind? Ist irgendwas nicht in Ordnung?«
»Nein, nein, nichts.«
Elinor stand auf und ging zum Fenster.
»Tante Laura, sag mir ehrlich, glaubst du, daß Liebe je ein Glück ist?«
Mrs. Welmans Gesicht wurde ernst.
»So wie du es meinst, Elinor – nein, wahrscheinlich nicht ... Einen Menschen leidenschaftlich lieben bringt immer mehr Leid als Freude; aber trotzdem, Elinor, möchte man nicht ohne diese Erfahrung sein. Jemand, der nie wirklich geliebt hat, hat nie wirklich gelebt ...«
Das Mädchen nickte.
»Ja – du verstehst – du weißt, wie es ist – –«
Die Tür öffnete sich, und die rothaarige Schwester O'Brien trat ein: »Mrs. Welman, der Doktor ist da.«

Dr. Lord war ein junger Mann von zweiunddreißig Jahren. Er hatte rötliches Haar, ein sympathisch häßliches, sommersprossiges Gesicht und ein auffallend energisches Kinn. Seine Augen waren von durchdringendem hellem Blau.
»Guten Morgen, Mrs. Welman«, sagte er.
»Guten Morgen, Dr. Lord. Das ist meine Nichte, Miss Carlisle.«
Offensichtliche Bewunderung zeigte sich auf Dr. Lords Gesicht. Er begrüßte sie und nahm die Hand, die Elinor ihm entgegenstreckte, so behutsam, als fürchte er, sie zu zerbrechen.
»Elinor und mein Neffe sind gekommen, um mich aufzuheitern.«
»Großartig!« nickte Dr. Lord. »Gerade das, was Sie brauchen! Das wird Ihnen sicherlich sehr gut tun, Mrs. Welman.«
Er sah Elinor noch immer mit offener Bewunderung an.

Sie lächelte ihm zu, während sie zur Tür ging.
»Vielleicht sehe ich Sie noch, bevor Sie gehen, Dr. Lord?«
»Oh, ja – natürlich.«
Sie ging hinaus und schloß die Tür hinter sich. Dr. Lord näherte sich dem Bett, Schwester O'Brien hinter ihm her.
Mrs. Welman spottete mit einem Augenzwinkern:
»Machen Sie wieder die üblichen Kunststückchen: Puls, Atmung, Temperatur? Was für eine windige Gesellschaft ihr Ärzte doch seid!«
»Oh, Mrs. Welman – so etwas zum Doktor zu sagen!« Schwester O'Brien war ganz entrüstet.
Doch Dr. Lord lachte.
»Mrs. Welman durchschaut mich, Schwester! Trotzdem, Mrs. Welman, muß ich meine Pflicht tun, wissen Sie. Das Dumme ist nur, daß ich die rechte Art, mit den Patienten umzugehen, nie gelernt habe.«
»Ihre Art ist schon recht. Tatsächlich sind Sie ja auch ziemlich stolz darauf.«
Peter Lord lachte:
»Das sagen Sie!«
Nachdem die Routinefragen gestellt und beantwortet waren, lehnte sich Dr. Lord in seinem Stuhl zurück und lächelte seiner Patientin zu.
»Na«, sagte er. »Das geht ja prächtig vorwärts.«
»Also werde ich in ein paar Wochen aufstehn und im Haus herumspazieren können?«
»Nun, ganz so schnell wird es wohl nicht gehen.«
»Nein, wirklich nicht, Sie Schwindler! Was hat man vom Leben, wenn man so ausgestreckt daliegen und gepflegt werden muß wie ein kleines Kind?«
»Was hat man überhaupt vom Leben? Das ist doch die eigentliche Frage. Man lebt nicht, weil die Vernunft das Leben bejaht. Leute, von denen man so sagt, es wäre besser für sie, tot zu sein, wollen nicht sterben. Aber Leute, die scheinbar alles haben, wofür sich zu leben lohnt, lassen sich einfach aus dem Leben gleiten, weil sie nicht die

Energie haben zu kämpfen. Und Sie sind einer von den Menschen, die wirklich leben wollen, was immer Sie auch sagen mögen! Und wenn Ihr Körper leben will, so nützt das gar nichts, wenn Ihr Verstand etwas anderes sagt.«

Mrs. Welman wechselte plötzlich das Thema.

»Wie gefällt es Ihnen hier draußen?«

Peter Lord erwiderte lächelnd:

»Sehr gut.«

»Ist es nicht ein wenig langweilig für einen jungen Mann wie Sie? Wollen Sie sich nicht spezialisieren? Finden Sie eine Landpraxis nicht etwas wenig abwechslungsreich?«

Lord schüttelte den Kopf.

»Nein, ich hab meine Arbeit gern. Ich hab die Leute gern, und ich hab gewöhnliche, alltägliche Krankheiten gern. Ich wünsche mir nicht, den seltenen Bazillus einer unbekannten Krankheit zu entdecken. Mir genügen Masern, Windpocken und all das. Es interessiert mich zu sehen, wie die verschiedenen Körper darauf reagieren. Ich will sehen, ob ich nicht eine traditionelle Therapie verbessern kann. Das Schlimme bei mir ist, daß ich gar keinen Ehrgeiz habe. Ich werde hierbleiben, bis mir ein Backenbart wächst und die Leute anfangen zu sagen: Natürlich, wir haben unsern Dr. Lord, und er ist ein netter alter Herr; aber er ist doch sehr altmodisch in seiner Behandlungsweise, vielleicht sollten wir lieber den jungen So-und-so berufen, der soll sehr modern sein . . .«

»Hm«, sagte Mrs. Welman. »Sie scheinen ja wirklich schon unabänderliche Pläne zu haben!«

Peter Lord stand auf.

»Na, ich muß gehen.«

»Meine Nichte wird noch mit Ihnen sprechen wollen, vermute ich. Wie finden Sie sie übrigens? Sie hatten sie ja bisher noch nicht kennengelernt.«

Dr. Lord wurde plötzlich hochrot. Sogar seine Augenbrauen erröteten.
»Ich – oh! Sie ist sehr hübsch, nicht? Und – sicher auch sehr gescheit und alles –.«
Mrs. Welman amüsierte sich. Sie dachte: Wie jung er doch ist, wirklich . . .
Laut sagte sie: »Sie sollten heiraten, Doktor.«

Roddy spazierte im Garten. Er ging über den breiten Rasenvorplatz in den Küchengarten, der gut bestückt und sorgsam gepflegt war. Er fragte sich, ob er und Elinor wohl eines Tages in Hunterbury leben würden. Er selbst hätte es gern getan, er liebte das Landleben. Was Elinor anging, hatte er jedoch seine Zweifel, vielleicht würde sie lieber in London wohnen . . .
Es war etwas schwer, aus Elinor klug zu werden. Sie enthüllte nicht viel von dem, was sie über die Dinge dachte und fühlte. Aber gerade das gefiel ihm an ihr . . . Er mochte Leute nicht, die ihre Gedanken und Gefühle stets zur Schau stellten, die von vornherein annahmen, daß man ihren ganzen inneren Mechanismus zu kennen wünschte. Verschlossenheit war immer viel interessanter.
Elinor, dachte er, ist wirklich vollkommen. Nichts an ihr stieß ab oder verletzte. Sie war entzückend anzusehen, witzig in der Unterhaltung – alles in allem die reizendste Gefährtin.
Er dachte, mit sich selbst zufrieden: Ich hab ein Mordsglück, daß ich sie bekommen habe! Kann mir gar nicht denken, was sie an einem Burschen wie mir eigentlich findet.
Denn Roderick Welman war zwar anspruchsvoll, aber nicht eingebildet. Es schien ihm wirklich merkwürdig, daß Elinor eingewilligt hatte, ihn zu heiraten.
Das Leben breitete sich recht angenehm vor ihm aus. Man wußte doch so ziemlich, wie man stand; das war im-

mer ein Segen. Er vermutete, daß sie bald heiraten würden – das heißt, wenn Elinor es wünschte; vielleicht würde sie lieber noch ein wenig warten. Er durfte sie nicht drängen. Im Anfang würden sie ja etwas knapp bei Kasse sein, doch brauchte man sich darüber keine Sorgen zu machen. Er wünschte Tante Laura noch viele Lebensjahre. Sie war ein lieber Kerl und immer nett zu ihm gewesen, hatte ihn in den Ferien eingeladen und sich stets für alles, was er tat, interessiert.
Seine Gedanken scheuten vor der Vorstellung ihres Todes zurück – er scheute sich stets vor konkreten Unannehmlichkeiten. Er machte sich unangenehme Dinge nicht gern so recht klar ... Aber – nun – danach würde es sehr angenehm sein, hier zu leben, besonders da genug Geld da sein würde, um das Gut zu halten. Wie seine Tante das Vermögen wohl verteilt hatte? Nicht, daß das besonders wichtig gewesen wäre. Bei manchen Paaren mochte viel daran gelegen sein, ob der Mann oder die Frau das Geld hatte, aber bei Elinor nicht. Sie besaß Takt und machte sich nicht soviel aus Geld, um ihm zuviel Bedeutung beizumessen.
Nein, dachte er abschließend, ich brauche mir keine Sorgen zu machen, was auch geschieht!
Er verließ den Küchengarten durch die Tür am anderen Ende. Von dort wanderte er in das kleine Wäldchen, wo im Frühling die Narzissen blühten.
Plötzlich überkam ihn eine merwürdige Unruhe – eine leichte Störung seiner eben noch so zufriedenen Stimmung. Er fühlte: Es gibt etwas – etwas, das ich nicht habe – etwas, das ich brauche – das ich brauche ...
Das goldig-grüne Licht – die weiche Luft – ein beschleunigter Puls überkam ihn ... eine plötzliche Ungeduld.
Ein Mädchen trat aus den Bäumen auf ihn zu – ein Mädchen mit hellem, leuchtendem Haar und rosiger Haut.
Er dachte: Wie schön – wie unsagbar schön.
Etwas packte ihn; er stand ganz still, als sei er festgefro-

ren. Die Welt, fühlte er, drehte sich um ihn, stand Kopf, war plötzlich unmöglich und herrlich und toll!
Das Mädchen blieb stehen, dann ging es weiter. Es kam auf ihn zu, und er stand da, stumm wie ein Fisch, mit offenem Mund.
Sie fragte etwas zögernd:
»Erinnern Sie sich nicht an mich, Mr. Roderick? Es ist lange her, natürlich. Ich bin Mary Gerrard vom Pförtnerhaus.«
»Oh – oh – Sie sind Mary Gerrard?«
»Ja.«
Dann fuhr sie etwas scheu fort:
»Ich habe mich natürlich verändert, seit Sie mich zuletzt gesehen haben.«
»Ja, das kann man wohl sagen. Ich – ich hätte Sie nicht erkannt.« Er stand da und starrte sie an. Er vernahm die Schritte hinter sich nicht.
Elinor stand eine Minute regungslos. Dann sagte sie:
»Hallo, Mary!«
»Oh – guten Tag, Miss Elinor. Schön, Sie wiederzusehen. Mrs. Welman hat sich schon so auf Ihr Kommen gefreut.«
»Ja – es ist einige Zeit her. Ich – Schwester O'Brien hat Sie gesucht. Sie will Mrs. Welman umbetten und sagte, Sie helfen ihr gewöhnlich dabei.«
»Ich gehe gleich.«
Sie entfernte sich und begann zu laufen. Elinor sah ihr nach. Mary lief gut, ihre Bewegungen waren voller Grazie.
Roddy sagte leise: »Atlanta . . .«
Elinor antwortete nicht. Sie blieb ein paar Minuten ganz still stehen. Dann sagte sie:
»Es ist gleich Zeit zum Lunch. Wir sollten zurückgehen.«
Sie schritten Seite an Seite auf das Haus zu.

»Ach, komm doch mit, Mary! Ein großartiger Film, mit der Garbo – spielt in Paris. Und das Drehbuch von einem erstklassigen Autor.«
»Es ist furchtbar nett von dir, Ted, aber ich mag wirklich nicht.«
Ted Bigland wurde zornig.
»Ich kann dich gar nicht mehr verstehen, Mary. Du bist anders geworden – ganz anders.«
»Nein, das bin ich nicht, Ted.«
»Doch! Wahrscheinlich, weil du auf dieser feinen Schule und in Deutschland warst. Du bist jetzt zu gut für uns.«
»Das ist nicht wahr, Ted. So bin ich nicht.«
Sie sprach heftig.
Der junge Mann, ein hübscher, stämmiger Bursche, sah sie trotz seines Ärgers mit bewundernden Blicken an.
»Doch, du bist es, du bist beinahe eine Dame, Mary.«
Mary sagte mit jäher Bitterkeit:
»Beinahe ist nicht viel, wie?«
In seinen Augen lag plötzliches Verständnis.
»Nein, da hast du recht.«
»Überhaupt, wer schert sich heutzutage noch um diese Dinge? Damen und Herren und alles das!«
»Es hat nicht mehr die Bedeutung wie früher – nein«, gab Ted zu. »Trotzdem, es ist ein Gefühl ... Herrgott, Mary, du schaust aus wie eine Herzogin oder Gräfin oder so etwas.«
»Das will nicht viel heißen. Ich habe Gräfinnen gesehen, die wie Altkleider-Händlerinnen aussahen!«
»Nun, du weißt schon, was ich meine.«
Eine stattliche Gestalt in einem schönen schwarzen Kleid kam auf sie zu. Die Frau warf einen scharfen Blick auf die beiden. Ted trat einen Schritt zur Seite.
»Guten Tag, Mrs. Bishop.«
Mrs. Bishop neigte gnädig ihr Haupt.
»Guten Tag, Ted Bigland. Guten Tag, Mary.«
Sie glitt weiter, ein Schiff unter vollen Segeln.

Ted schaute ihr respektvoll nach.
Mary murmelte:
»Also *sie* ist wirklich wie eine Herzogin!«
»Ja – sie hat so eine Art –! Verursacht mir immer so ein heißes Gefühl um den Kragen herum.«
Mary sagte langsam: »Sie mag mich nicht!«
»Unsinn, Mädel!«
»Es ist wahr, sie mag mich nun einmal nicht. Sie sagt mir immer etwas Bissiges.«
»Eifersüchtig«, erklärte Ted, weise mit dem Kopf nickend. »Das ist alles.«
»Möglich, daß es das ist . . .«
»Sicher, verlaß dich darauf. Seit Jahren ist sie hier Haushälterin, kommandiert das Personal, ordnet alles an und jetzt entwickelt die alte Mrs. Welman so eine Vorliebe für dich – das ärgert sie! Das ist alles.«
»Es ist dumm von mir, aber ich kann es nicht ertragen, wenn jemand mich nicht mag! Ich will, daß die Leute mich gern haben.«
»Das sind sicher nur Weiber, die dich nicht mögen, Mary! Eifersüchtige Katzen, die dich zu hübsch finden!«
»Ich finde Eifersucht schrecklich.«
Mary wandte sich zum Gehen.
»Verzeih, Ted, ich muß fort. Ich bin schon spät dran.«
»Wohin willst du?«
»Ich gehe zu Schwester Hopkins Tee trinken.«
Ted schnitt ein Gesicht.
»Merkwürdiger Geschmack! Die Frau ist die ärgste Klatschbase im Dorf. Steckt ihre lange Nase in alles.«
»Sie ist immer sehr nett zu mir.«
»Ach, ich behaupte nicht, daß sie bösartig ist. Aber sie redet und redet!«
»Auf Wiedersehen, Ted.«
Sie eilte fort; er blieb grollend zurück.

Schwester Hopkins bewohnte ein kleines Häuschen am

Ende des Dorfes. Sie war selbst eben erst heimgekommen und legte gerade den Hut ab, als Mary eintrat.
»Ah, da sind Sie ja! Ich habe mich ein wenig verspätet. Der alten Mrs. Caldicott ging es wieder schlechter ... Ich habe Sie eben mit Ted Bigland gesehen.«
Mary sagte etwas matt:
»Ja ...«
Schwester Hopkins, die eben das Gas unter dem Kessel anzündete, blickte lebhaft auf. Ihre lange Nase zuckte.
»Wollte er etwas Besonderes, meine Liebe?«
»Nein. Er lud mich nur ein, mit ihm ins Kino zu gehen.«
»Aha«, nickte Schwester Hopkins prompt. »Nun, er ist natürlich ein netter junger Bursche und verdient ganz schön in der Garage, und seinem Vater geht es besser als den meisten anderen Farmern in der Gegend. Trotzdem, meine Liebe, scheinen Sie mir nicht dazu bestimmt, Ted Biglands Frau zu werden, bei Ihrer Erziehung und allem!«
»Ich werd mir's überlegen. Mrs. Welman hat übrigens neulich mit mir gesprochen. Sie war furchtbar lieb, und es war genauso, wie Sie sagten. Sie will nicht, daß ich jetzt von ihr weggehe, sie würde mich vermissen; ich solle mir aber keine Sorgen um die Zukunft machen, sie würde mir helfen.«
»Hoffen wir, daß sie das auch schwarz auf weiß niedergelegt hat. Kranke Leute sind oft merkwürdig.«
»Glauben Sie, daß Mrs. Bishop mich wirklich nicht mag – oder bilde ich mir das nur ein?«
Schwester Hopkins überlegte einen Augenblick.
»Nun, sie ist eine von denen, die es nicht gern sehen, wenn es jungen Leuten zu gut geht oder wenn etwas für sie getan wird. Denkt vielleicht, daß Mrs. Welman Sie zu gern hat, und ärgert sich darüber. Ich würde mir an Ihrer Stelle darüber keine grauen Haare wachsen lassen, meine liebe Mary. Öffnen Sie mal diese Tüte, ja? Da sind zwei Kuchenstücke drin.«

3

»Tante hatte heute nacht zweiten Schlaganfall. Kein Grund zu augenblicklicher Beunruhigung, glaube aber, Sie sollten herkommen, Lord.«

Elinor hatte sofort nach Erhalt des Telegramms Roddy angerufen, und nun saßen sie zusammen im Zug nach Hunterbury.

In der Woche, die seit ihrem Besuch vergangen war, hatte Elinor Roddy nur zweimal gesehen, und beide Male hatte eine seltsame Spannung zwischen ihnen geherrscht. Roddy hatte ihr Blumen geschickt – einen großen Strauß langstieliger Rosen. Das war ungewöhnlich für ihn. Bei dem Abendessen, das sie miteinander eingenommen hatten, schien er aufmerksamer als sonst, berücksichtigte bei der Auswahl von Speisen und Getränken mehr denn je ihren Geschmack und half ihr außergewöhnlich eifrig beim Aus- und Anziehen ihres Mantels. Es war ein wenig, dachte Elinor, als spiele er eine Rolle in einem Stück – die Rolle des liebevollen Bräutigams ... Dann hatte sie sich aber gesagt: Sei nicht blöd! Es ist alles in Ordnung ... Du bildest dir Sachen ein! Das kommt alles von deinen übertriebenen Besitzansprüchen. Und ihm gegenüber war sie vielleicht noch eine Idee ferner und kühler gewesen als sonst.

Doch nun, angesichts dieser plötzlichen Erschütterung, war die Spannung verschwunden, und sie sprachen wieder ganz natürlich miteinander.

Roddys Stimme klang bedrückt.

»Arme alte Tante! So gut ging es ihr, als wir bei ihr waren!«

»Sie tut mir entsetzlich leid. Ich weiß, wie sie das Kranksein überhaupt haßt, und jetzt wird sie noch hilfloser werden, das wird einfach schrecklich sein für sie. Ich glaube, Roddy, daß man die Menschen erlösen sollte – wenn sie es selbst wirklich wünschen.«

»Da stimme ich dir zu, es ist die einzig humane Behandlung. Tiere befreit man doch auch von ihrem Schmerz. Ich vermute, bei Menschen tut man es nur deshalb nicht, weil, wie die menschliche Natur nun einmal beschaffen ist, Kranke sonst um ihres Geldes willen von ihren lieben Verwandten aus dem Wege geräumt würden – obwohl es vielleicht gar nicht so schlimm um sie steht.«
»Es läge natürlich in den Händen des Arztes.«
»Ein Arzt könnte auch ein Schuft sein.«
»Einem Menschen wie Dr. Lord könnte man vertrauen.«
»Ja, er scheint ein redlicher Mensch zu sein. Netter Kerl.«

Dr. Lord beugte sich über das Bett. Schwester O'Brien stand hinter ihm. Er bemühte sich angestrengt, die undeutlichen Laute zu verstehen, die aus dem Mund seiner Patientin kamen.
»Ja, ja. Regen Sie sich nicht auf. Nehmen Sie sich Zeit. Heben Sie einfach die rechte Hand, wenn Sie ›ja‹ meinen. Etwas quält Sie?«
Er erhielt das bejahende Zeichen.
»Etwas Dringendes? Ja. Etwas, das geschehen soll? Jemand soll geholt werden? Miss Carlisle? Und Mr. Welman? Sie sind schon auf dem Weg.«
Wieder versuchte Mrs. Welman zu sprechen. Dr. Lord lauschte aufmerksam.
»Die wollten Sie auch sehen, aber das meinten Sie nicht? Jemand anderen? Verwandte? Nein? Etwas Geschäftliches? Ich verstehe, etwas, das mit Geld zu tun hat? Rechtsanwalt? Das ist richtig, nicht wahr? Sie wollen Ihren Rechtsanwalt sprechen? Wollen ihn mit etwas beauftragen? Nun, nun – ist schon in Ordnung. Seien Sie nur ruhig. Zeit genug. Was wollen Sie sagen – Elinor?« Er fing den gestammelten Namen auf. »Sie weiß, welchen Rechtsanwalt? Und sie wird es mit ihm abmachen? Gut. Sie wird in einer halben Stunde hier sein. Ich werde ihr sagen, was Sie wünschen, und komme dann mit ihr her-

auf, und wir bringen die Sache in Ordnung. Also, jetzt quälen Sie sich nicht mehr, überlassen Sie alles mir. Ich werde dafür sorgen, daß alles so gemacht wird, wie Sie es wünschen.«

Er beobachtete noch einen Augenblick, wie sie sich entspannte, dann ging er leise hinaus auf den Flur. Schwester O'Brien folgte ihm. Schwester Hopkins kam gerade die Treppe herauf. Er nickte ihr zu.

»Guten Abend, Herr Doktor.«

»Guten Abend, Schwester.«

Er ging mit den beiden in Schwester O'Briens Zimmer und gab ihnen Verhaltensmaßregeln; Schwester Hopkins sollte über Nacht dableiben und sich mit Schwester O'Brien in die Pflege teilen.

»Morgen muß ich mich nach einer zweiten Pflegerin umsehen, die hier wohnen kann. Zu dumm, diese Diphtherie-Epidemie drüben in Stamford; da herrscht jetzt schon Mangel an Pflegerinnen.«

Nachdem er seine Anordnungen getroffen hatte, ging er hinunter, um die Nichte und den Neffen zu empfangen, die nun jeden Moment eintreffen mußten.

In der Halle begegnete er Mary Gerrard; sie sah blaß und geängstigt aus und fragte:

»Geht es ihr besser?«

»Ich kann ihr eine ruhige Nacht verschaffen – das ist alles.«

»Es scheint einem so grausam – so ungerecht –«

Er nickte teilnehmend.

»Ja, es scheint manchmal so. Ich glaube –«

Er brach ab.

»Da ist das Auto.«

Er ging hinaus in die Halle, und Mary lief hinauf.

Elinor fragte, als sie ins Wohnzimmer trat:

»Steht es sehr schlimm?«

Roddy sah blaß und besorgt aus.

»Ich fürchte, Sie werden erschrecken«, erwiderte Dr. Lord ernst. »Sie ist völlig gelähmt, ihre Sprache kaum verständlich. Übrigens quält sie etwas Bestimmtes. Es hat mit ihrem Rechtsanwalt zu tun. Wissen Sie, wer es ist, Miss Carlisle?«

»Mr. Seddon – Bloomsbury Square. Aber um diese Zeit wird er nicht dort sein, und seine Privatadresse kenne ich nicht.«

»Nun, morgen wird noch Zeit genug sein. Aber ich möchte Mrs. Welman so bald wie möglich beruhigen. Wenn Sie jetzt mit mir hinaufkommen wollen, Miss Carlisle, so wird uns das gemeinsam gelingen, denke ich.«

»Natürlich, ich komme gleich mit.«

Roddy fragte hoffnungsvoll:

»Mich brauchen Sie nicht?«

Er schämte sich ein wenig vor sich selbst, aber er hatte eine nervöse Scheu, ins Krankenzimmer zu gehen, Tante Laura dort sprach- und hilflos liegen zu sehen.

Dr. Lord beruhigte ihn.

»Nicht im geringsten, Mr. Welman. Es ist besser, wenn nicht zu viele Leute im Zimmer sind.«

Roddys Erleichterung war offensichtlich.

Dr. Lord und Elinor gingen hinaus.

Schwester O'Brien war bei der Patientin. Laura Welman lag schweratmend da. Elinor blickte ergriffen auf das verzerrte Antlitz nieder.

Plötzlich zuckte Mrs. Welmans rechtes Auge und öffnete sich. Eine schwache Veränderung deutete auf ihrem Gesicht an, daß sie Elinor erkannte.

Sie versuchte zu sprechen.

»Elinor . . .« Das Wort wäre für jeden unverständlich gewesen, der nicht gewußt hätte, was sie sagen wollte.

Elinor beugte sich über sie.

»Ja, Tante Laura. Du willst etwas? Du wünschst, daß ich Mr. Seddon holen lasse?«

Wieder einer dieser heiseren, rauhen Töne. Elinor erriet seine Bedeutung.

»Mary Gerrard?«

Langsam und zitternd bewegte sich die rechte Hand bejahend. Ein längerer gurgelnder Ton kam von den Lippen der Kranken. Dr. Lord und Elinor strengten sich vergeblich an. Schließlich erhaschte Elinor ein Wort.

»Versorgung? Du willst in deinem Testament für sie sorgen? Du willst, daß sie etwas Geld bekommt? Ich verstehe, liebe Tante. Das wird ganz einfach sein. Mr. Seddon wird morgen herkommen, und alles soll genau so geschehen, wie du es wünschst.«

Die Leidende schien erleichtert. Der gequälte Ausdruck schwand aus ihrem flehenden Auge. Elinor griff nach ihrer Hand und fühlte einen schwachen Druck von ihren Fingern.

Mrs. Welman brachte mit großer Anstrengung heraus:

»Du – alles – du . . .«

»Ja, ja, überlaß nur alles mir. Ich werde dafür sorgen, daß alles, was du willst, getan wird!«

Sie fühlte wieder den Druck der Finger, dann gaben sie nach, die Augenlider sanken herab und schlossen sich.

Dr. Lord legte die Hand auf Elinors Arm und zog sie sanft aus dem Zimmer. Schwester O'Brien nahm ihren Platz neben dem Bett wieder ein.

Draußen redete Mary Gerrard mit Schwester Hopkins. Sie trat hastig vor.

»Ach, Dr. Lord, kann ich zu ihr hineingehen, bitte?«

Er nickte.

»Verhalten Sie sich aber ganz ruhig und stören Sie sie nicht.«

Mary ging ins Krankenzimmer.

Dr. Lord wandte sich zu Elinor.

»Ihr Zug hatte Verspätung. Sie ––« Er hielt inne.

Elinor hatte den Kopf gewandt, um Mary nachzusehen. Plötzlich bemerkte sie sein jähes Verstummen. Sie wandte den Kopf und schaute ihn fragend an. Er starrte sie mit einem erschrockenen Ausdruck an. Das Blut stieg Elinor in die Wangen. Sie murmelte hastig:

»Entschuldigen Sie, was meinten Sie eben?«
Peter Lord sagte langsam:
»Was ich sagte? Ich weiß nicht mehr. Miss Carlisle, Sie waren großartig da drinnen!« Er sprach mit Wärme. »Rasch im Verstehen, beruhigend, alles, wie es sein sollte.«
»Arme Tante Laura! Es hat mich erschüttert, sie so zu sehen.«
»Natürlich. Aber Sie haben es nicht gezeigt. Sie müssen eine große Selbstbeherrschung besitzen.«
Elinor preßte ihre Lippen zusammen.
»Ich habe gelernt, meine – Gefühle nicht zu zeigen.«
»Trotzdem – die Maske muß hie und da abgleiten.«
Schwester Hopkins war ins Badezimmer gegangen. Elinor sagte, ihn voll ansehend, die zarten Augenbrauen gehoben:
»Die Maske?«
»Das menschliche Antlitz ist mehr oder weniger nichts anderes als eine Maske.«
»Und darunter?«
»Darunter steckt der nackte Mensch.«
Sie wandte sich rasch ab und ging voraus die Treppe hinunter. Peter Lord folgte, ein wenig verwirrt und ungewöhnlich ernst. Roddy kam ihnen in der Halle entgegen.
»Nun?« fragte er besorgt.
»Arme Tante! Es ist sehr traurig, sie zu sehen ... Ich ginge nicht hinein an deiner Stelle, Roddy – bis – bis – sie nach dir verlangt.«
»Wünschte sie etwas Besonderes?« fragte Roddy.
Peter Lord verabschiedete sich von Elinor.
»Ich muß jetzt gehen. Für den Augenblick kann ich nichts mehr tun. Morgen früh schaue ich wieder herein. Auf Wiedersehen, Miss Carlisle. Nehmen Sie sich's nicht zu sehr zu Herzen!«
Er hielt ihre Hand ein paar Sekunden lang in der seinen. In seinem Händedruck lag etwas seltsam Beruhigendes

und Tröstliches. Er sieht mich etwas merkwürdig an, dachte Elinor, so, als täte ich ihm leid.
Als sich die Tür hinter dem Arzt schloß, wiederholte Roddy seine Frage, und Elinor erklärte.
»Tante Laura macht sich Sorgen um – um gewisse geschäftliche Dinge. Es gelang mir, sie zu beruhigen, indem ich ihr sagte, daß Mr. Seddon morgen bestimmt herkommen würde. Wir müssen ihn früh gleich anrufen.«
»Will sie ein neues Testament machen?«
»Gesagt hat sie es nicht.«
»Was hat sie – –?«
Er hielt mitten in seiner Frage inne.
Mary Gerrard kam die Treppe heruntergelaufen. Sie durchquerte die Halle und verschwand hinter der Tür zu den Wirtschaftsräumen.
Elinor sagte mit rauher Stimme:
»Ja? Was wolltest du fragen?«
Roddy murmelte zerstreut:
»Ich – was? Ich hab es vergessen.«
Er starrte auf die Tür, durch die Mary Gerrard gegangen war. Elinors Hände schlossen sich. Sie fühlte, wie sich ihre langen, spitzen Nägel in ihr Fleisch bohrten.
Sie dachte: »Ich kann's nicht ertragen – ich kann's nicht ertragen ... es ist nicht Einbildung ... Es ist wahr ... Roddy – Roddy, ich darf dich nicht verlieren ... Was hat dieser Mann – der Doktor – was hat er in meinem Gesicht gesehen? Er sah etwas ... O Gott, wie furchtbar das Leben ist – so zu fühlen, wie ich jetzt fühle. Sag doch etwas, du Närrin! Reiß dich zusammen!
Laut sagte sie mit ihrer ruhigen Stimme:
»Ja, wegen des Essens, Roddy. Ich bin nicht sehr hungrig. Ich bleibe bei Tante Laura, und die Schwestern können beide herunterkommen.«
Roddy sah sie betroffen an:
»Und mit mir essen?«
Elinors Stimme war kalt:

»Sie werden dich nicht beißen!«
»Aber was ist mit dir? Du mußt doch auch etwas essen! Warum essen wir nicht erst, und sie können dann drankommen?«
»Nein, auf die andere Art ist es besser«, und sie fügte hinzu: »Sie sind so empfindlich, weißt du.«
Sie dachte: Ich kann nicht eine ganze Mahlzeit lang allein mit ihm dasitzen – reden – mich benehmen wie sonst ...
»Ach, laß mich doch die Dinge einteilen, wie ich will«, sagte sie gereizt.

4

Elinor wurde am nächsten Morgen nicht vom Hausmädchen geweckt; es war Mrs. Bishop selbst, die bitterlich weinend hereinkam.
»Oh, Miss Elinor, sie ist tot ...«
»Was?«
Elinor setzte sich im Bett auf.
»Ihre liebe Tante, Mrs. Welman. Meine geliebte Herrin! Sie ist im Schlaf dahingegangen.«
»Tante Laura? Tot?«
Elinor starrte sie an, sie schien unfähig, es zu begreifen.
Mrs. Bishop weinte immer stärker.
»Wenn man bedenkt«, schluchzte sie, »nach all diesen Jahren! Achtzehn Jahre bin ich nun da! Aber es kommt mir gar nicht so vor ...«
»Also im Schlaf ist Tante Laura gestorben – ganz friedlich ... Welcher Segen für sie!«
»So plötzlich! Der Doktor sagte noch, er käme früh wieder, und alles ganz so wie sonst!«
Elinor sagte etwas scharf:
»So plötzlich ja nun auch wieder nicht. Schließlich war sie

ja längere Zeit krank. Ich danke Gott, daß ihr ein längeres Leiden erspart wurde.«

Mrs. Bishop nickte unter Tränen, daß man dafür wirklich Gott danken müsse, und fügte hinzu:

»Wer wird es Mr. Roderick sagen?«

»Ich werde es tun«, murmelte Elinor.

Sie warf einen Schlafrock über, ging zu seiner Tür und klopfte. Seine Stimme antwortete: »Herein.«

Sie trat ein.

»Tante Laura ist tot, Roddy. Sie starb im Schlaf.«

Roddy, der sich aufgesetzt hatte, seufzte tief auf.

»Arme, liebe Tante Laura! Gott sei Dank, möchte ich sagen, ich hätte es kaum ertragen, sie noch länger in dem Zustand zu sehen, in dem sie gestern war.«

Elinor fragte mechanisch:

»Ich wußte nicht, daß du sie gesehen hast.«

Er nickte etwas geniert.

»Die Wahrheit ist, Elinor, ich fühlte mich so schrecklich feig, weil ich dem ausgewichen war. So ging ich gestern abend noch hinein. Die Schwester, die dicke, verließ das Zimmer – ich glaube, mit einer Wärmflasche –, und ich schlüpfte hinein. Sie wußte nicht, daß ich da war, natürlich. Ich stand nur eine Weile rum und schaute sie an. Dann, als ich die Schwester herauftappen hörte, glitt ich hinaus. Aber es war – nun, schrecklich!«

»Ja, das war es.«

»Es wäre eine fürchterliche Qual für sie gewesen – jede einzelne Minute lang!«

»Ich weiß.«

»Es ist wunderbar – die Art, wie du und ich die Dinge immer vom gleichen Standpunkt sehen.«

»Ja, wirklich.«

Roddys Stimme klang erleichtert.

»Wir empfinden beide genau dasselbe in diesem Augenblick: nichts als Dankbarkeit, daß sie erlöst ist . . .«

Schwester O'Brien fragte:
»Was ist denn, Schwester? Suchen Sie etwas?«
Schwester Hopkins durchsuchte etwas aufgeregt mit gerötetem Gesicht das kleine Köfferchen, das sie am vorhergehenden Abend in der Halle abgestellt hatte.
»Zu ärgerlich! Wie mir das passieren konnte, kann ich mir nicht vorstellen!«
»Was ist denn?«
Schwester Hopkins erwiderte nicht sehr klar:
»Elisa Rykin – die mit dem Sarkom, wissen Sie – bekommt immer doppelte Injektionen – morgens und abends – Morphium. Ich gab ihr gestern abend auf meinem Weg hierher die letzte Tablette im alten Röhrchen und hätte schwören können, daß ich das neue Röhrchen auch hier drinnen hatte.«
»Schauen Sie noch einmal; diese Röhrchen sind ja so klein.«
Schwester Hopkins wühlte wieder im Köfferchen.
»Nein, es ist nicht da! Ich muß es doch in meinem Schrank gelassen haben! Ich glaubte wirklich, mich auf mein Gedächtnis besser verlassen zu können; ich hätte schwören können, es mitgenommen zu haben!«
»Sie haben den Koffer nicht irgendwo stehengelassen auf Ihrem Weg hierher?«
»Natürlich nicht!«
Schwester Hopkins' Stimme klang scharf.
»Nun dann, meine Liebe«, meinte Schwester O'Brien, »dann muß es ja in Ordnung sein, nicht?«
»Ach ja! Der einzige Ort, wo ich den Koffer abgestellt habe, war hier in der Halle, und hier würde doch niemand etwas nehmen! Nur mein dummes Gedächtnis ist schuld. Aber es ärgert mich, das verstehen Sie, Schwester. Außerdem muß ich jetzt erst bis ans andere Ende des Dorfes nach Hause gehen und dann wieder zurück.«
»Hoffentlich haben Sie nach dem gestrigen Abend keinen zu anstrengenden Tag, meine Liebe. Arme alte Dame! Ich

dachte mir schon, daß es nicht mehr lange dauern würde.«

»Ich auch. Aber ich vermute, der Doktor wird überrascht sein.«

Schwester O'Brien erklärte mit einem Anflug von Mißbilligung:

»Er ist immer so hoffnungsvoll bei seinen Fällen!«

»Ah, er ist jung! Er hat eben noch nicht unsere Erfahrung«, sagte Schwester Hopkins düster und entschwand.

Dr. Lords sandfarbene Augenbrauen zogen sich so weit in die Stirn hinauf, daß sie beinahe sein Haar berührten.

»Gestorben ist sie – wie?«

»Ja, Doktor.«

Auf Schwester O'Briens Zunge brannten Einzelheiten darauf, erzählt zu werden, doch sie wartete mit strenger Disziplin.

Peter Lord wiederholte nachdenklich:

»Gestorben –?«

Er stand noch in Nachdenken versunken ein paar Minuten da, dann befahl er scharf:

»Holen Sie mir kochendes Wasser.«

Schwester O'Brien war erstaunt und kannte sich nicht aus, jedoch getreu dem Geiste ihrer Ausbildung gehorchte sie schweigend. Hätte ihr ein Arzt befohlen, die Haut eines Alligators zu holen, hätte sie automatisch gemurmelt: »Ja, Doktor«, und wäre gehorsam aus dem Zimmer geglitten, um die Sache in Angriff zu nehmen.

Roderick Welman fragte:

»Wollen Sie damit sagen, daß meine Tante ohne Testament gestorben ist – daß sie überhaupt nie ein Testament gemacht hat?«

Mr. Seddon putzte seine Brille und nickte.
»So sieht es aus.«
Roddy murmelte:
»Aber das ist ungewöhnlich!«
Mr. Seddon hustete entschuldigend.
»Nicht so ungewöhnlich, wie Sie sich vielleicht vorstellen. Es passiert öfter, als man glauben möchte. Es ist eine Art Aberglauben dabei. Die Leute denken, sie haben noch eine Menge Zeit; die bloße Tatsache, daß sie ein Testament machen, scheint ihnen die Möglichkeit des Todes näherzubringen. Sehr sonderbar – aber so ist es!«
»Haben Sie ihr nie Vorhaltungen deswegen gemacht?«
Mr. Seddon erwiderte trocken:
»Häufig.«
»Und was sagte sie?«
»Das Übliche. Daß noch Zeit genug sei! Daß sie nicht die Absicht habe, schon zu sterben! Daß sie sich noch nicht genau entschlossen habe, wie sie über ihr Geld verfügen wolle --!«
»Aber nach ihrem ersten Schlaganfall --?« fragte Elinor.
Mr. Seddon schüttelte den Kopf.
»O nein, da war es noch schlimmer; da wollte sie erst recht nichts von der Sache hören!«
»Aber das ist doch wirklich höchst merkwürdig?«
»O nein. Ihre Krankheit machte sie natürlich noch ängstlicher.«
»Aber sie wollte ja sterben . . .«
Mr. Seddon wischte an seiner Brille herum.
»Ach, meine liebe Miss Elinor, der menschliche Sinn ist ein sehr merkwürdiger Mechanismus. Mrs. Welman mag geglaubt haben, daß sie sterben wolle, doch neben diesem Gefühl ging die Hoffnung einher, daß sie wieder ganz gesund werden würde. Und deshalb, glaube ich, fürchtete sie, daß es ihr Unglück bringen könnte,

ein Testament zu machen. Sie beabsichtigte zwar immer, eines zu machen, aber morgen war vielleicht ein besserer Tag dafür als heute! Schließlich war ja noch Zeit genug ...«

Elinor sagte langsam:

»Deshalb war sie gestern abend so aufgeregt – förmlich in Panik, daß man nach Ihnen schicken soll ...«

Mr. Seddon erwiderte: »Zweifellos!«

»Und was geschieht jetzt?«

»Mit Mrs. Welmans Vermögen?« Der Rechtsanwalt hustete.

»Da Mrs. Welman ohne Testament starb, fällt ihr gesamtes Vermögen an ihre nächste Verwandte – an Miss Elinor Carlisle.«

»Alles an mich?«

»Die Krone bekommt einen bestimmten Prozentsatz«, erklärte Mr. Seddon. Er erläuterte die Einzelheiten und sagte abschließend:

»Mrs. Welmans Geld war ihr uneingeschränktes Eigentum – keine Stiftung beteiligt, keine Gesellschaft. Nur die Erbsteuer – hm – wird ziemlich hoch sein, fürchte ich, trotzdem bleibt auch danach noch ein bedeutendes Vermögen, das in sicheren Papieren angelegt ist.«

»Aber Roderick – –«

Mr. Seddon hüstelte verlgen.

»Mr. Welman ist nur der Neffe von Mrs. Welmans Mann, es besteht keine Blutsverwandtschaft.«

»Richtig«, bestätigte Roddy.

»Natürlich ist ziemlich egal, wer von uns es bekommt, da wir ja heiraten werden.«

Elinor schaute Roddy bei diesen Worten nicht an.

Nun war Mr. Seddon an der Reihe »Richtig!« zu sagen. Er sagte es ziemlich rasch, dann verabschiedete er sich.

»Es ist doch ziemlich egal, oder?« fragte Elinor in fast entschuldigendem Ton.

In Roddys Gesicht zuckte es nervös.
»Du bekommst, was dir zusteht, Elinor. Glaub bitte um Himmels willen nicht, daß ich es dir mißgönne. Ich brauche das verdammte Geld nicht!«
Elinor sagte mit etwas unsicherer Stimme:
»Wir waren uns doch einig, Roddy, daß es egal sei, wer von uns es bekäme, da – da wir doch heiraten wollten ...?«
Er antwortete nicht, und sie beharrte:
»Erinnerst du dich nicht, das gesagt zu haben, Roddy?«
»Ja.«
Er blickte auf seine Füße. Sein Gesicht war blaß und finster, ein schmerzlicher Zug lag um seinen sensiblen Mund.
Elinor hob plötzlich tapfer den Kopf.
»Aber werden wir auch wirklich heiraten, Roddy?«
»Ich habe das angenommen.«
Sein Ton war gleichgültig mit einer leisen Spur von Schärfe.
»Natürlich, Elinor, wenn du jetzt andere Pläne hast ...«
»Ach, Roddy, kannst du nicht ehrlich sein?«
Er zuckte zusammen.
Dann sagte er mit leiser, verwirrter Stimme:
»Ich weiß nicht, was mit mir geschehen ist ...«
Elinor antwortete mit erstickter Stimme:
»Ich weiß es ...«
»Mir gefällt der Gedanke nicht recht, daß ich vom Geld meiner Frau leben soll ...«
Elinor war jetzt ganz blaß im Gesicht.
»Das ist es nicht ... Es ist etwas anderes ...«
Sie zögerte, dann sagte sie: »Es ist Mary, nicht wahr?«
Roddy murmelte unglücklich:
»Nun – ja. Woher weißt du es?«
Elinors Mund verzog sich zu einem gezwungenen Lächeln.
»Es ist nicht schwer ... Jedesmal, wenn du sie ansiehst –

steht es in deinem Gesicht geschrieben – für jeden, der es lesen will . . .«

Plötzlich brach seine Fassung zusammen.

»Ach, Elinor, ich weiß nicht, was mit mir los ist! Ich glaube, ich werde verrückt! Es geschah, als ich sie an jenem ersten Tag im Wald sah . . . ihr Gesicht – es – es – hat alles in mir auf den Kopf gestellt. Du kannst das nicht verstehen . . .«

»Doch. Ich verstehe. Weiter.«

»Ich wollte mich nicht in sie verlieben . . . Ich war ja glücklich mit dir. Ach, Elinor, was für ein Schuft bin ich, so zu dir zu reden –«

»Unsinn. Fahr fort. Sag mir . . .«

Er stammelte:

»Du bist großartig . . . Nur mit dir zu reden, hilft einem schon so viel. Ich hab dich so schrecklich gern, Elinor! Das mußt du mir glauben, das andere ist wie eine Verzauberung! Es stößt alles um: mein Leben – meine Freude an den Dingen – und – all die geordneten, vernünftigen Sachen . . .«

»Liebe – ist nicht sehr vernünftig . . .«

Roddy seufzte unglücklich.

»Nein . . .«

Elinors Stimme zitterte ein wenig.

»Hast du ihr etwas gesagt?«

»Heute früh – wie ein Narr – ich hab den Kopf verloren –. Natürlich – verbot sie mir sogleich den Mund! Sie war entrüstet, wegen Tante Laura und – wegen dir – –«

Elinor zog den Diamantring vom Finger.

»Da, nimm ihn zurück, Roddy.«

Als er ihn nahm, murmelte er, ohne sie anzusehen:

»Elinor, du hast keine Ahnung, wie schlecht ich mir vorkomme.«

Elinor fragte mit ihrer ruhigen Stimme:

»Glaubst du, sie wird dich heiraten?«

»Ich habe keine Ahnung. Nicht so bald jedenfalls. Ich

glaube nicht, daß sie mich jetzt schon liebt; aber vielleicht mit der Zeit . . .«
»Du hast wahrscheinlich recht. Du mußt Geduld haben, sie eine Zeitlang nicht sehen, und dann – neu anfangen.«
»Liebste Elinor! Du bist der beste Freund, den man haben kann!« Er nahm plötzlich ihre Hand und küßte sie. »Elinor, ich liebe dich doch – genau so sehr wie immer! Manchmal kommt Mary mir nur vor wie ein Traum, aus dem ich erwachen könnte – und merken, daß sie nicht da ist . . .«
Elinor sagte:
»Wenn Mary nicht da wäre . . .«
»Manchmal wünsche ich das . . . Du und ich, Elinor, wir gehören doch zueinander. Wir gehören doch zueinander, nicht?«
Langsam neigte sie den Kopf und sagte:
»O ja – wir gehören zueinander.«
Und sie dachte: Wenn Mary nicht da wäre . . .

5

Schwester Hopkins war bewegt.
»Ein wunderschönes Begräbnis!«
Schwester O'Brien konnte nur zustimmen.
»Ja, wirklich. Und die Blumen! Haben Sie je so herrliche Blumen gesehen? Eine Harfe aus weißen Lilien war dabei und ein Kreuz aus gelben Rosen. Wundervoll!«
Schwester Hopkins seufzte und nahm sich noch ein Stück von dem guten Kuchen. Die beiden Pflegerinnen saßen im Café.
Schwester Hopkins fuhr fort: »Miss Carlisle ist wirklich großzügig. Sie gab mir ein schönes Geschenk, dabei hatte sie keinen besonderen Grund dafür.«
»Sie ist ein nobles, nettes Mädchen«, stimmte Schwester O'Brien warm zu. »Knauserei hasse ich.«

»Nun, sie erbt ja auch ein sehr großes Vermögen.«
»Ich möchte wissen . . .« Schwester O'Brien hielt inne.
Schwester Hopkins fragte aufmunternd: »Ja?«
»Es ist doch merkwürdig, daß die alte Dame kein Testament gemacht hat.«
»Es war unrecht«, sagte Schwester Hopkins scharf. »Die Leute sollten gezwungen werden dazu! Es entstehen nur Unannehmlichkeiten, wenn sie keins machen!«
»Ich zerbreche mir den Kopf, wie sie ihr Geld hinterlassen hätte, wenn sie ein Testament gemacht hätte?«
Schwester Hopkins sagte fest:
»Eines ist sicher.«
»Was?«
»Sie hätte Mary eine bestimmte Summe hinterlassen – Mary Gerrard.«
»Ja, das ist wahr«, nickte die andere und fügte erregt hinzu: »Habe ich Ihnen nicht erzählt, in welchem Zustand die Arme an jenem Abend war, als der Doktor sein Bestes tat, um sie zu beruhigen? Miss Elinor hielt die Hand ihrer Tante und schwor beim allmächtigen Gott«, sagte Schwester O'Brien, mit der ihre irische Einbildungskraft plötzlich durchging, »daß nach dem Rechtsanwalt geschickt und alles nach Wunsch geregelt werden sollte. ›Mary! Mary!‹ sagte die arme alte Dame. ›Meinst du Gerrard?‹ fragte Miss Elinor und schwor sofort, daß Mary zu ihrem Recht kommen sollte!«
»War es wirklich so?«
»So war es, und ich sage Ihnen, was ich denke, Schwester Hopkins: Wenn Mrs. Welman dazugekommen wäre, dieses Testament zu machen, so hätte es wahrscheinlich eine große Überraschung für alle gegeben! Wer weiß, ob sie nicht jeden Penny, den sie besaß, Mary Gerrard hinterlassen hätte!«
Schwester Hopkins schüttelte zweifelnd den Kopf.
»Das glaube ich denn doch nicht. Ich glaube kaum, daß man sein eigen Fleisch und Blut leer ausgehen läßt.«

»Es gibt Fleisch und Blut und Fleisch und Blut«, orakelte Schwester O'Brien.
Schwester Hopkins reagierte augenblicklich.
»Was meinen Sie damit?«
Schwester O'Brien erwiderte würdevoll:
»Ich bin keine Klatschbase! Und ich sage Toten nichts nach.«
Schwester Hopkins nickte bedächtig.
»Das ist recht. Da bin ich ganz Ihrer Meinung. Je weniger man redet, desto besser.«
Sie füllte ihre Tasse nach.
»Haben Sie übrigens dieses Röhrchen mit Morphium gefunden, als Sie nach Hause kamen?«
Schwester Hopkins runzelte die Stirn.
»Nein. Ich kann mir nicht vorstellen, wo es hingekommen ist. Es könnte höchstens so gewesen sein: Ich hab es auf den Rand vom Kaminsims gelegt, wie ich das oft tue, während ich den Schrank zusperre, und von da ist es herabgerollt und in den Papierkorb gefallen, den ich dann beim Hinausgehen noch rasch draußen in die Aschentonne entleert habe.« Sie machte eine Pause. »Ja, so muß es gewesen sein.«
»Ja«, echote Schwester O'Brien. »Ja, meine Liebe, so muß es gewesen sein.«
»Richtig«, nickte Schwester Hopkins eifrig. »Es könnte gar nicht anders gewesen sein, wie?«
Sie nahm noch ein Stück Kuchen.
Die andere stimmte rasch zu – vielleicht ein wenig zu rasch.
»Ich an Ihrer Stelle würde mir keine Sorgen mehr darüber machen«, sagte sie beruhigend.
»Ich mache mir auch keine Sorgen . . .«

Jung und streng in ihrem schwarzen Kleid saß Elinor vor Mrs. Welmans massivem Schreibtisch in der Bibliothek. Verschiedene Papiere lagen vor ihr ausgebreitet. Sie hatte

mit den Dienstboten und mit Mrs. Bishop gesprochen. Nun betrat Mary Gerrard das Zimmer und zögerte einen Augenblick an der Tür.
»Sie wollten mich sprechen, Miss Elinor?«
Elinor sah auf.
»Ach ja, Mary. Kommen Sie doch her und setzen Sie sich, ja?«
Mary setzte sich auf den Stuhl, auf den Elinor deutete. Er war ein wenig dem Fenster zugewendet, und das Licht fiel auf ihr Gesicht, zeigte die blendende Reinheit ihrer Haut und brachte das helle Gold des Haares voll zur Geltung.
Elinor dachte: Ist es möglich, jemanden so zu hassen und es nicht zu zeigen?
Laut sagte sie mit angenehmer, geschäftsmäßiger Stimme:
»Ich glaube, Sie wissen, Mary, daß meine Tante immer sehr viel Interesse für Sie gehabt hat.«
Mary murmelte leise:
»Mrs. Welman war immer sehr gut zu mir.«
»Da sie ohne Testament starb, ruht die Verantwortung, ihre Wünsche zu erfüllen, auf mir. Obwohl es für meine Tante zum Schluß schwer war, verständlich zu sprechen, konnte sie mir doch an diesem letzten Abend ihre Wünsche klarmachen. Sie wollte zweifellos für Ihre Zukunft sorgen.«
»Das war sehr gut von ihr.«
»Ich habe angeordnet, daß Ihnen, sobald alle Formalitäten erledigt sind, zweitausend Pfund überwiesen werden – über die Sie ganz nach Ihrem Belieben verfügen können.«
Mary stieg das Blut ins Gesicht.
»Zweitausend Pfund? Miss Elinor, das ist aber gut von Ihnen! Ich weiß gar nicht, was ich sagen soll.«
Elinor sagte kalt:
»Es ist nicht besonders gut von mir, und sagen Sie, bitte, gar nichts.«
Mary wurde rot.

»Sie wissen nicht, was das für mich bedeutet«, murmelte sie.
Elinor zögerte. Sie schaute von Mary weg, zur anderen Seite des Zimmers. Dann sagte sie mit leiser Anstrengung: »Haben Sie – haben Sie – irgendwelche Pläne?«
»O ja. Ich möchte eine Ausbildung machen. Vielleicht als Krankengymnastin. Schwester Hopkins hat mir das geraten.«
»Das scheint mir eine gute Idee. Ich werde Mr. Seddon sagen, daß Sie sobald wie möglich einen Vorschuß bekommen sollen – wenn möglich, sofort.«
»Sie sind sehr, sehr gut, Miss Elinor«, wiederholte Mary dankbar.
»Es war Tante Lauras Wunsch.« Elinor zögerte wieder, dann sagte sie: »Das ist alles, denke ich.«
Als Mary gegangen war, saß Elinor ganz still da und starrte vor sich hin. Ihr Gesicht war vollkommen unbewegt, es verriet nichts von dem, was in ihrem Innern vorging. So saß sie lange Zeit regungslos da . . .

Endlich ging Elinor, um Roddy aufzusuchen, den sie im Frühstückszimmer fand. Er stand am Fenster und schaute hinaus. Bei Elinors Eintritt wandte er sich jäh um.
Sie zwang sich zu einem Lächeln.
»Jetzt habe ich alles erledigt! Fünfhundert für Mrs. Bishop – sie war so viele Jahre hier. Hundert für die Köchin und je fünfzig für Milly und Anna. Den andern je fünf Pfund. Fünfundzwanzig für Stephens, den Obergärtner; und dann ist noch der alte Gerrard im Pförtnerhaus. Für ihn habe ich noch nichts vorgesehen. Es ist etwas schwierig. Er wird wohl pensioniert werden müssen, vermute ich?«
Sie hielt kurz inne und fuhr dann um so rascher fort:
»Ich habe Mary Gerrard zweitausend überschrieben. Meinst du, daß das Tante Lauras Wunsch entspricht? Es schien mir ungefähr die richtige Summe.«
Roddy nickte, ohne sie anzusehen.

»Ja, genau das Richtige. Du hast immer ein ausgezeichnetes Urteil, Elinor.«
Er wandte sich wieder dem Fenster zu.
Elinor wartete einen Augenblick, dann begann sie mit stockendem Atem in nervöser Hast zu sprechen, die Worte stürzten ihr fast unzusammenhängend von den Lippen:
»Noch eins: Ich möchte – es ist nur gerecht – ich meine, du mußt doch auch deinen Anteil haben, Roddy.«
Als er sich mit zornigem Gesicht umwandte, fuhr sie hastig fort:
»Nein, hör mich doch an, Roddy! Es ist nur pure Gerechtigkeit! Das Geld, das deinem Onkel gehörte – das er seiner Frau hinterließ –, natürlich nahm er an, daß es schließlich dir zufallen würde. Tante Laura beabsichtigte das auch, ich weiß das aus vielen Dingen, die sie sagte. Wenn ich *ihr* Geld habe, sollst du den Betrag haben, der *ihm* gehörte – das ist nur recht und billig. Ich – ich kann das Gefühl nicht ertragen, daß ich dich beraubt habe – nur weil Tante Laura eine Scheu davor hatte, ein Testament zu machen. Du mußt – du mußt darin Vernunft annehmen!«
Rodericks schmales sensibles Gesicht war totenblaß geworden.
»Mein Gott, Elinor, willst du, daß ich mich völlig als Schuft fühle? Glaubst du auch nur einen Augenblick, ich könnte – könnte dieses Geld von dir annehmen?«
»Ich schenke es dir ja nicht. Es ist nur recht und billig.«
»Ich brauche dein Geld nicht!«
»Es ist nicht meines!«
»Es ist deins nach dem Gesetz – und nur darauf kommt es an! Ich nehme keinen Penny von dir. Du sollst nicht die Großmütige spielen mir gegenüber!«
»Roddy!«
Er machte eine rasche Gebärde.
»Oh, meine Liebe, verzeih! Ich weiß nicht, was ich rede. Ich fühle mich so verwirrt – so gänzlich verloren . . .«

Elinor sagte sanft: »Armer Roddy . . .«
Er hatte sich wieder abgewandt und spielte mit der Quaste des Vorhangs. Dann sagte er in verändertem, fast kühlem Ton:
»Weißt du, was – Mary Gerrard zu tun beabsichtigt?«
»Sie will sich als Krankengymnastin ausbilden lassen, sagt sie.«
»So, wirklich?«
Ein Schweigen entstand. Elinor richtete sich auf, sie warf den Kopf zurück. Als sie sprach, hatte ihre Stimme plötzlich etwas Zwingendes.
»Roddy, ich möchte, daß du mir aufmerksam zuhörst.«
Er wandte sich ihr leicht überrascht zu.
»Aber natürlich, Elinor.«
»Ich möchte, daß du meinen Rat befolgst.«
»Und was ist dein Rat?«
»Du bist im Geschäft nicht besonders angebunden? Du kannst immer Urlaub haben, nicht?«
»O ja.«
»Dann tu folgendes. Reise irgendwohin für – sagen wir, drei Monate. Fahr allein. Such neue Bekanntschaften und schau dir neue Städte an. Sprechen wir ganz offen. Im Moment glaubst du, in Mary Gerrard verliebt zu sein. Vielleicht bist du es. Aber jetzt ist nicht der Augenblick, dich ihr zu nähern – das weißt du selbst nur zu gut. Unsere Verlobung ist endgültig gelöst. Fahr also weg, als freier Mensch, und nach drei Monaten entschließe dich als freier Mensch. Dann wirst du wissen, ob du Mary wirklich liebst, oder ob es nur ein Strohfeuer war. Und wenn du ganz sicher bist, daß du sie wirklich liebst – nun, dann komm zurück und sag ihr, daß du deiner Gefühle ganz sicher bist, dann wird sie dir vielleicht Gehör schenken.«
Roddy kam auf sie zu und ergriff ihre Hand.
»Elinor, du bist wundervoll! Nicht eine Spur von Kleinlichkeit oder Armseligkeit ist an dir. Ich bewundere dich

mehr, als ich sagen kann. Ich werde genau das tun, was du vorschlägst. Fortgehen, mich von allem freimachen – und herausbekommen, ob ich wirklich liebe oder ob ich mich nur selbst zum Narren gehalten habe. Eins weiß ich aber schon jetzt, daß du immer tausendmal zu gut für mich warst. Gott lohne dir all deine Güte.«

Rasch, impulsiv, küßte er sie auf die Wange und verließ das Zimmer.

Es war vielleicht gut, daß er nicht zurückschaute und ihr Gesicht sah.

Ein paar Tage später teilte Mary Schwester Hopkins die gute Nachricht mit.

Die praktisch veranlagte Frau gratulierte ihr wärmstens.

»Das ist ein außerordentliches Glück für Sie, Mary. Die alte Dame mag es ja gut mit Ihnen gemeint haben, aber wenn etwas nicht schwarz auf weiß dasteht, nützen die besten Absichten nichts! Sie hätten leicht gar nichts bekommen können.«

»Miss Elinor behauptet, daß Mrs. Welman ihr am Abend, bevor sie starb, gesagt habe, sie solle etwas für mich tun.«

Schwester Hopkins gab einen zweifelnden Ton von sich.

»Schon möglich. Aber es gibt viele, denen es nachher bequem gewesen wäre, das zu vergessen. Verwandte sind so. Ich habe da so manches miterleben müssen. Die menschliche Natur ist nun mal so, niemand trennt sich gern von Geld, wenn er rechtlich nicht dazu gezwungen ist! Ich sag Ihnen, Mary, Sie haben Glück gehabt. Miss Carlisle ist anständiger als die meisten Leute.«

»Und dennoch habe ich – irgendwie – das Gefühl, daß sie mich nicht mag«, murmelte Mary.

»Und mit gutem Grund, wenn Sie mich fragen«, erwiderte Schwester Hopkins geradeheraus. »Na, schauen Sie nicht so unschuldig drein, Mary! Mr. Roderick verdreht doch schon einige Zeit die Augen nach Ihnen.«

Mary wurde rot, und Schwester Hopkins fuhr fort:

»Ihn hat's arg erwischt, meiner Ansicht nach, hat er sich Hals über Kopf in Sie verliebt. Wie steht's mit Ihnen, Mädel. Haben Sie ihn gern?«
»Ich – ich weiß nicht, ich glaube nicht. Aber er ist sehr nett, natürlich.«
»Hm. Er wäre nicht nach meinem Geschmack! Er ist einer von den Männern, die launisch sind und bei jeder Kleinigkeit die Nerven verlieren. Männer sind überhaupt nicht viel wert! Übereilen Sie nur nichts, meine liebe Mary. Mit Ihrem Aussehen können Sie sich's erlauben, wählerisch zu sein. Schwester O'Brien sagte erst neulich zu mir, daß Sie zum Film gehen sollten. Blondinen sind dort sehr gefragt, habe ich gehört.«
Marys Gedanken waren bereits weitergewandert.
»Schwester, wie, meinen Sie, soll ich mich meinem Vater gegenüber verhalten? Er findet, ich sollte ihm etwas von diesem Geld abgeben.«
»Tun Sie das bloß nicht!« Schwester Hopkins' Stimme klang erzürnt. »Mrs. Welman hat ihm dieses Geld nie zugedacht. Meiner Meinung nach hätte er seinen Posten schon vor Jahren verloren, wenn Sie nicht gewesen wären. Einen fauleren Menschen hat es nie gegeben!«
»Es ist schon komisch, daß sie nie ein Testament gemacht hat.«
Schwester Hopkins schüttelte den Kopf.
»Die Leute sind so. Sie würden staunen. Immer wieder wird es aufgeschoben!«
»Das scheint mir geradezu dumm!«
Schwester Hopkins fragte mit einem leichten Augenzwinkern:
»Schon selbst ein Testament gemacht, Mary?«
Mary starrte sie an.
»Ach nein.«
»Und doch sind Sie schon über einundzwanzig.«
»Aber ich – ich habe doch nichts zu hinterlassen –, das heißt, doch, jetzt schon.«

»Natürlich haben Sie – eine nette, kleine Summe noch dazu!«
»Gut, schön, aber es hat ja keine Eile . . .«
»Da haben Sie's«, meinte Schwester Hopkins trocken. »Genau wie alle andern! Daß Sie ein gesundes junges Mädel sind, ist kein Grund, nicht bei einem Autobusunglück ums Leben zu kommen oder auf der Straße überfahren zu werden.«
Mary lachte.
»Ich weiß nicht einmal, wie man ein Testament macht.«
»Es ist leicht genug. Ein Formular bekommt man auf dem Postamt; holen wir gleich eines.«
Das Formular wurde geholt und auf dem Tisch ausgebreitet. Schwester Hopkins war ganz bei der Sache; ein Testament zu machen, dachte sie, war beinahe so aufregend wie ein Todesfall.
»Wer bekäme das Geld, wenn ich kein Testament machen würde?« fragte Mary.
Schwester Hopkins antwortete etwas unsicher:
»Ihr Vater vermutlich.«
»Er soll es nicht haben. Ich hinterlasse es lieber meiner Tante in Neuseeland . . . Ich weiß aber die Adresse meiner Tante nicht; wir haben seit Jahren nichts mehr von ihr gehört.«
»Das macht, glaube ich, nichts. Sie kennen doch ihren Vornamen.«
»Mary. Mary Riley.«
»Das reicht. Schreiben Sie einfach: Ich hinterlasse alles Mary Riley, Schwester der verstorbenen Elise Gerrard aus Hunterbury, Maidensford.«
Mary beugte sich über das Formular und schrieb. Als sie fertig war, erschauerte sie plötzlich. Ein Schatten war zwischen sie und die Sonne gefallen. Sie blickte auf und sah Elinor Carlisle, die vor dem Fenster stand und hereinschaute. Elinors Stimme klang kühl wie immer:
»Was tun Sie denn da so emsig?«

»Sie schreibt ihr Testament.«
Schwester Hopkins strahlte.
»Macht ihr Testament?«
Plötzlich lachte Elinor – es war ein seltsames Lachen –, beinahe hysterisch.
»Also Ihr Testament machen Sie, Mary. Das ist komisch. Das ist sehr komisch . . .«
Noch immer lachend wandte sie sich ab und ging rasch die Straße hinunter.
Schwester Hopkins starrte ihr nach.
»Haben Sie je – –? Was ist bloß über sie gekommen?«

Elinor hatte kaum ein halbes Dutzend Schritte gemacht – sie lachte noch immer –, als eine Hand sich von hinten auf ihren Arm legte. Sie blieb jäh stehen und wandte sich um. Dr. Lord sah ihr gerade ins Gesicht, die Stirn in Falten gelegt.
»Worüber haben Sie gelacht?«
»Wirklich – ich weiß nicht.«
»Das ist eine etwas kindische Antwort!«
Elinor wurde rot.
»Ich denke, ich muß nervös sein – oder so etwas. Ich schaute zum Fenster der Gemeindeschwester hinein und – und da saß Mary Gerrard und schrieb ihr Testament. Da mußte ich lachen, ich weiß nicht, warum!«
»Wirklich nicht?«
Lord sah sie durchdringend an:
»Es war dumm von mir – ich sagte es Ihnen schon –, ich bin nervös.«
»Ich werde Ihnen ein Beruhigungsmittel verschreiben.«
Elinor sagte schneidend:
»Wie nützlich!«
Er grinste entwaffnend.
»Ganz nutzlos, ich gebe es zu. Aber es ist das einzige, was man tun kann, wenn einem die Leute nicht sagen wollen, was ihnen fehlt!«

»Mir fehlt gar nichts.«
Peter Lord widersprach ruhig:
»Ihnen fehlt sehr viel.«
»Meine Nerven sind bis zu einem gewissen Grad angespannt, vermute ich . . .«
»Ich denke, bis zu einem sehr hohen Grad. Aber davon rede ich nicht.« Er machte eine Pause. »Werden Sie – werden Sie noch lange hierbleiben?«
»Ich reise morgen ab.«
»Sie werden nicht – hier leben?«
Elinor schüttelte den Kopf.
»Nein – nie. Ich denke – ich denke – ich werde das Haus verkaufen, wenn ich ein gutes Angebot bekomme.«
»Ach so . . .«
»Ich muß nun nach Hause.«
Elinor streckte ihm die Hand entgegen, Peter Lord nahm sie und hielt sie fest.
»Miss Carlisle, bitte, sagen Sie mir, woran Sie dachten, als Sie eben lachten.«
Sie entwand ihm schnell ihre Hand.
»Woran sollte ich gedacht haben?«
»Das möchte ich ja gern wissen.«
Sein Gesicht war ernst und ein wenig unglücklich.
Elinor wurde ungeduldig.
»Es ist mir komisch vorgekommen, das war alles!«
»Daß Mary Gerrard ein Testament machte? Warum? Ein Testament machen ist ein ganz vernünftiger Vorgang. Erspart eine Menge Unannehmlichkeiten. Manchmal natürlich macht es auch Unannehmlichkeiten!«
»Natürlich sollte jeder ein Testament machen. Das habe ich nicht gemeint.«
»Mrs. Welman hätte ein Testament machen sollen.«
Elinor nickte mit Nachdruck.
»Ja, wirklich.«
Das Blut stieg ihr ins Gesicht, und einen Augenblick schwiegen beide.

Dann fragte Dr. Lord unvermittelt:
»Wie steht's mit Ihnen?«
»Mit mir?«
»Ja, Sie sagten soeben, jeder sollte ein Testament machen! Haben Sie es getan?«
Elinor starrte ihn einen Augenblick an, dann lachte sie.
»Wie merkwürdig! Nein, ich habe noch gar nicht daran gedacht! Ich bin genauso wie Tante Laura. Wissen Sie was, Dr. Lord, ich gehe jetzt nach Hause und schreibe deswegen sofort an Mr. Seddon.«
Peter Lord nickte.
»Sehr vernünftig.«

In der Bibliothek hatte Elinor eben einen Brief beendet:

Sehr geehrter Mr. Seddon, würden Sie bitte ein Testament aufsetzen, das ich unterzeichnen kann? Ein ganz einfaches. Ich wünsche alles, was ich besitze, Roderick Welman uneingeschränkt zu hinterlassen.

Ihre ergebene
Elinor Carlisle

Sie schaute auf die Uhr; die Post ging in ein paar Minuten.
Sie öffnete die Schreibtischlade; dabei erinnerte sie sich, daß sie heute früh die letzte Briefmarke verbraucht hatte. Sie war sicher, noch welche in ihrem Schlafzimmer zu haben.
Sie ging hinauf. Als sie die Bibliothek mit einer Briefmarke in der Hand wieder betrat, stand Roddy am Fenster. Er wandte sich ihr langsam zu:
»Morgen fahren wir also weg. Gutes altes Hunterbury! Wir haben schöne Zeiten hier verlebt.«
»Macht es dir etwas aus, daß es verkauft wird?«
»O nein, nein! Ich sehe vollkommen ein, daß es das Beste ist, was du tun kannst.«

Ein Schweigen entstand. Elinor nahm ihren Brief, überflog ihn noch einmal, um zu sehen, ob alles in Ordnung war, dann versiegelte sie ihn und klebte die Marke darauf.

6

Brief von Schwester O'Brien an Schwester Hopkins, vom 14. Juli:

Laborough Court

Liebe Hopkins – ich will Ihnen schon seit einigen Tagen schreiben. Dies ist ein wunderschönes Haus, die Bilder darin sind, glaube ich, berühmt. Ich kann aber nicht behaupten, daß es so bequem ist wie Hunterbury; Sie verstehen, wie ich es meine. Hier draußen auf dem Land ist es schwer, Dienstboten zu bekommen. Die Mädchen, die sie haben, sind ziemlich ungeschickt, und manche gar nicht gefällig, und obwohl ich sicher keine bin, die Extramühe macht, sollten die Mahlzeiten, die mir heraufgeschickt werden, wenigstens heiß und, da keine Möglichkeit besteht, hier oben Tee zuzubereiten, der Tee mit kochendem Wasser aufgegossen sein! Jedoch das alles tut nichts zur Sache. Der Patient ist ein netter, ruhiger Herr – doppelseitige Lungenentzündung, aber die Krise ist vorüber, und der Doktor sagt, es geht aufwärts.
Aber was Sie wirklich interessieren wird, ist das merkwürdigste Zusammentreffen, von dem Sie je gehört haben. Im Salon, auf dem Klavier, steht eine Fotografie in einem großen Silberrahmen, und – Sie werden es nicht glauben – es ist dieselbe Fotografie, von der ich Ihnen erzählte – auf der ›Lewis‹ stand, die Mrs. Welman zu sehen verlangte! Das machte mich natürlich neugierig – wen nicht? Und ich fragte den Diener, wer das sei, worauf er

erwiderte, es sei Lady Ratterys Bruder – Sir Lewis Rycroft. Er lebte nicht weit von hier und fiel im Krieg. Sehr traurig, nicht wahr? Ich fragte beiläufig, ob er verheiratet gewesen sei, und der Diener sagte ja, aber Lady Rycroft mußte bald nach der Heirat ins Irrenhaus, die Arme! Sie lebe noch, behauptete er. Ist das nicht interessant? Wir haben uns beide geirrt mit unseren Vermutungen. Sie müssen einander sehr gern gehabt haben, er und Mrs. W., und konnten nicht heiraten, da er eine Frau im Irrenhaus hatte. Und sie erinnerte sich nach all diesen Jahren und schaute seine Fotografie an, bevor sie starb! Er fiel gegen Kriegsende, sagte der Diener. Das ist doch wie im Film, nicht? Hier ist übrigens weit und breit kein Kino! Oh, es ist schrecklich, auf dem Land vergraben zu sein! Kein Wunder, daß sie keine ordentlichen Mädchen bekommen!

Nun, adieu für heute, meine Liebe, schreiben Sie mir bald alle Neuigkeiten.

Ihre
Eileen O'Brien

Brief von Schwester Hopkins an Schwester O'Brien, vom 14. Juli:

Liebe O'Brien – alles geht hier so ziemlich seinen alten Gang. Hunterbury ist verlassen – alle Dienstboten fort, und auf einem Brett steht: ›Zu verkaufen‹. Ich sprach neulich Mrs. Bishop, sie wohnt jetzt bei ihrer Schwester, die ungefähr eine Meile von hier lebt. Wie Sie sich vorstellen können, ist es ihr sehr nahegegangen, daß das Haus verkauft werden soll. Sie war sicher, daß Miss Carlisle Mr. Welman heiraten und hier leben werde. Mrs. B. sagte, die Verlobung sei aufgelöst! Miss Carlisle kehrte bald, nachdem Sie fortgegangen waren, nach London zurück. Sie benahm sich ein paarmal sehr sonderbar, so daß man wirklich nicht mehr wußte, woran man bei ihr war! Mary Gerrard ist nach London gegangen und macht die geplante Ausbildung. Sehr vernünftig von ihr, finde ich. Miss Carlisle schenkte ihr zweitausend Pfund, was ich sehr schön finde.

Übrigens ist es komisch, wie klein die Welt ist. Erinnern Sie sich noch, daß Sie mir etwas von einer Fotografie erzählten, auf der ›Lewis‹ stand, und die Mrs. Welman Ihnen gezeigt hat? Ich hatte neulich ein Plauderstündchen mit Mrs. Slattery (sie war die Haushälterin vom alten Dr. Ransome, der die Praxis vor Dr. Lord hatte), sie hat natürlich ihr ganzes Leben hier gelebt und weiß eine Menge von den Herrschaften, die hier herum wohnen. Ich brachte beiläufig das Thema Vornamen zur Sprache und erwähnte, daß der Name Lewis doch eigentlich wenig gebräuchlich sei, und da erwähnte sie unter anderen Sir Lewis Rycroft drüben in Forbes Park. Er diente im Krieg bei den 17er Ulanen und ist gegen Ende des Krieges gefallen. Da sagte ich, er sei doch sehr befreundet gewesen mit Mrs. Welman in Hunterbury, nicht? Und sie warf mir sogleich einen Blick zu und sagte: Ja, sehr gute Freunde sind sie gewesen, und manche behaupteten, mehr als Freunde, aber sie wolle nicht klatschen – und warum sollten sie nicht Freunde gewesen sein? Also, sagte ich, aber Mrs. Welman war doch Witwe zu der Zeit, und sie sagte: O ja, sie war Witwe. Da wußte ich sofort, daß das etwas zu bedeuten hatte, und meinte, das sei doch sonderbar, daß sie nicht geheiratet hätten, und da sagte sie: ›Sie konnten nicht heiraten, er hatte eine Frau im Irrenhaus!‹ Also jetzt wissen wir alles! Merkwürdig, wie die Dinge herauskommen, nicht! Wenn man bedenkt, wie leicht man sich heutzutage scheiden lassen kann, ist es wirklich ein Skandal, daß damals Irrsinn kein Scheidungsgrund war!

Erinnern Sie sich noch an einen hübschen jungen Burschen namens Ted Bigland, der so hinter Mary Gerrard

her war? Er bat mich um ihre Adresse in London, aber ich gab sie ihm nicht. Meiner Meinung nach kann Mary etwas Besseres finden als Ted Bigland.
Ich weiß nicht, ob Sie es bemerkt haben, meine Liebe, aber Mr. R – W – war sehr verliebt in sie.
Das ist auch bestimmt der Grund, warum die Verlobung zwischen ihm und Miss Carlisle gelöst wurde. Und, wenn Sie mich fragen, es hat sie schwer getroffen. Ich weiß wirklich nicht, was sie an ihm fand – mein Fall wäre er nicht, aber ich hörte aus verläßlicher Quelle, daß sie ihn immer wahnsinnig geliebt hat. Ein rechtes Durcheinander, nicht? Und dabei hat sie so eine Menge Geld! Ich glaube, er hat immer erwartet, daß seine Tante ihm einen ordentlichen Batzen vermachen würde.
Mit dem alten Gerrard im Pförtnerhaus geht es übrigens rapide zu Ende – er hat mehrere böse Anfälle gehabt. Er ist genauso grob und mürrisch wie immer. Neulich behauptete er doch wahrhaftig, daß Mary nicht seine Tochter sei! ›Nun‹, sagte ich, ›ich an Ihrer Stelle würde mich schämen, so etwas über meine Frau zu sagen.‹ Er schaute mich nur an und sagte: ›Sie sind eine blöde Person. Sie verstehen nichts.‹ Höflich, was? Ich antwortete ziemlich scharf, kann ich Ihnen sagen. Seine Frau war vor ihrer Heirat Kammerzofe bei Mrs. Welman, glaube ich.

Immer Ihre
Jessie Hopkins

Postkarte von Schwester Hopkins an Schwester O'Brien:
»Komisch, daß unsere Briefe sich gekreuzt haben! Ist das nicht ein schreckliches Wetter?«

Postkarte von Schwester O'Brien an Schwester Hopkins:
»Erhielt heute morgen Ihren Brief. Welcher Zufall!«

Brief von Roderick Welman an Elinor Carlisle, vom 15. Juli:

Liebe Elinor – ich erhalte eben Deinen Brief. Nein, es macht mir wirklich gar nichts aus, wenn Hunterbury verkauft wird. Sehr nett von Dir, mich noch einmal zu fragen. Ich finde, es ist das klügste, wenn Du nicht dort leben willst, was Du offenbar nicht beabsichtigst. Du wirst es jedoch vielleicht schwer loswerden. Es ist ein ziemlich großer Besitz für die Bedürfnisse von heutzutage, obwohl es ganz modernisiert wurde und ordentliche Dienerzimmer sowie Gas und elektrisches Licht hat. Jedenfalls hoffe ich, daß Du Glück hast.
Das Wetter hier ist herrlich. Ich verbringe Stunden im Meer. Recht komische Leute hier, aber ich mische mich nicht viel unter sie. Du hast mir einmal gesagt, daß ich kein guter Gesellschafter bin. Ich fürchte, das ist wahr. Ich finde die meisten Exemplare der menschlichen Spezies höchst abstoßend. Wahrscheinlich erwidern sie dieses Gefühl.
Ich spüre seit langem, daß Du einer der wenigen wirklich befriedigenden Vertreter der Menschheit bist. In ein oder zwei Wochen gedenke ich weiter, zur dalmatinischen Küste, zu ziehen. Adresse vom 22. an c/o Thomas Cook, Dubrovnik. Wenn ich irgend etwas für Dich tun kann, laß es mich wissen.
In Bewunderung und Dankbarkeit, Dein

Rodney

Brief von Mr. Seddon an Miss Elinor Carlisle, vom 20. Juli:

104, Bloomsbury Square

Sehr geehrte Miss Carlisle – ich bin sehr dafür, daß Sie Major Somervells Angebot von zwölftausendfünfhundert Pfund für Hunterbury annehmen. Große Güter sind im Augenblick äußerst schwierig zu verkaufen, und der gebotene Preis scheint mir höchst vorteilhaft zu sein. Das Angebot hängt jedoch vom möglichen sofortigen Bezug

des Anwesens ab, und da ich weiß, daß Major Somervell noch andere Güter in der Nähe angesehen hat, würde ich zu einem raschen Abschluß raten.
Major Somervell ist bereit, das Haus für drei Monate möbliert zu übernehmen; bis dahin dürften alle notwendigen Formalitäten erledigt sein.
Was den Pförtner Gerrard und die Frage seiner Pensionierung betrifft, höre ich von Dr. Lord, daß der alte Mann schwerkrank und sein Ableben in Kürze zu erwarten ist.
Übrigens habe ich Miss Mary Gerrard einhundert Pfund Vorschuß ausgezahlt.

Ihr ergebener Edmund Seddon

Brief von Dr. Lord an Miss Elinor Carlisle, vom 24. Juli:

Sehr geehrte Miss Carlisle – der alte Gerrard ist heute gestorben. Kann ich irgend etwas für Sie tun? Ich höre, Sie haben das Haus an unser neues Parlamentsmitglied, Major Somervell, verkauft.

Ihr ergebner Peter Lord.

Brief von Elinor Carlisle an Mary Gerrard, vom 25. Juli:

Liebe Mary – ich sende Ihnen mein aufrichtiges Beileid zum Tod Ihres Vaters.
Ich habe Hunterbury an einen Major Somervell verkauft. Er wünscht dringend, es möglichst bald zu beziehen. Ich fahre jetzt hin, um den Haushalt aufzulösen. Wäre es Ihnen möglich, die Sachen Ihres Vaters so bald wie möglich aus dem Pförtnerhaus fortzuschaffen? Ich hoffe, es geht Ihnen gut und Sie finden die Ausbildung nicht zu anstrengend.
Mit den besten Grüßen Ihre

Elinor Carlisle

Brief von Mary Gerrard an Schwester Hopkins, vom 25. Juli:

Liebe Schwester Hopkins – herzlichen Dank, daß Sie mir über meinen Vater geschrieben. Ich bin froh, daß er nicht gelitten hat. Miss Elinor schreibt mir, daß das Haus verkauft ist und daß sie das Pförtnerhaus gern so rasch wie möglich geräumt haben möchte. Kann ich bei Ihnen absteigen, wenn ich morgen zum Begräbnis komme? Wenn ja, brauchen Sie nicht mehr zu schreiben.
Mit freundlichen Grüßen

Ihre Mary Gerrard

7

Elinor Carlisle kam am Donnerstagmorgen, den 27. Juli, aus dem »Löwen« und blickte die Hauptstraße von Maidensford hinauf und hinunter.
Dann überquerte sie mit einem freudigen Ausruf die Straße.
Diese große würdige Erscheinung, der ruhige Gang, der an ein Schiff unter vollen Segeln erinnerte, waren nicht zu verkennen!
»Mrs. Bishop!«
»Oh, Miss Elinor! Das ist aber eine Überraschung! Ich hatte keine Ahnung, daß Sie hier sind! Hätte ich gewußt, daß Sie nach Hunterbury kommen, wäre ich auch gekommen. Wer macht dort alles für Sie? Haben Sie jemanden aus London mitgebracht?«
Elinor schüttelte den Kopf.
»Ich wohne nicht im Haus, ich wohne im ›Löwen‹.«
Mrs. Bishop schaute hinüber und rümpfte die Nase.
»Man kann zur Not dort wohnen«, gab sie zu. »Sauber

ist es, das weiß ich, und das Essen soll auch nicht schlecht sein, aber kaum, wie Sie es gewöhnt sind, Miss Elinor.«

Elinor sagte lächelnd:

»Ich bin wirklich ganz gut untergebracht, es ist ja nur für ein paar Tage. Ich muß die Sachen im Haus durchsehen. Ich nehme die persönlichen Sachen meiner Tante mit und dann noch ein paar Möbelstücke, die ich gern in London hätte.«

»Das Haus ist also wirklich verkauft?«

»Ja, an einen Major Somervell, unser neues Parlamentsmitglied. Ich bin froh, daß jemand das Haus gekauft hat, der wirklich darin wohnen wird. Es hätte mir leid getan, wenn man ein Hotel daraus gemacht oder es umgebaut hätte.«

Mrs. Bishop schloß die Augen und erschauerte.

»Ja, das wäre wirklich schrecklich gewesen! Es ist schlimm genug, sich Hunterbury in der Hand von Fremden vorzustellen.«

»Ja, aber sehen Sie, es wäre doch ein zu großes Haus für mich gewesen, um allein darin zu leben.«

Mrs. Bishop antwortete nicht, und Elinor fuhr rasch fort: »Was ich Sie noch fragen wollte! Ist vielleicht ein Möbelstück dort, das Sie gern haben möchten? Ich würde es Ihnen sehr gern geben.«

Mrs. Bishop strahlte.

»Oh, Miss Elinor, das ist sehr lieb von Ihnen, wirklich sehr gütig. Wenn ich so frei sein darf . . .«

Sie machte eine Pause, und Elinor meinte aufmunternd:

»Ja, natürlich.«

»Den Sekretär im Salon habe ich immer so bewundert, so ein schönes Stück!«

Elinor erinnerte sich: ein etwas auffallendes Stück Einlegearbeit.

»Natürlich sollen Sie ihn haben, Mrs. Bishop. Sonst noch etwas?«

»Nein, danke schön, Miss Elinor. Sie waren immer sehr freigebig.«
»Es sind noch einige Stühle da im selben Stil wie der Sekretär; möchten Sie die nicht auch haben?«
Mrs. Bishop nahm die Stühle mit gebührendem Dank entgegen.
»Ich wohne augenblicklich bei meiner Schwester. Kann ich irgend etwas im Haus oben für Sie erledigen, Miss Elinor? Ich könnte gleich mit Ihnen hinaufgehen, wenn Sie es wünschen.«
»Nein, danke.«
Elinor sprach rasch, beinahe hastig.
»Es wäre gar keine Mühe, das versichere ich Ihnen – nur ein Vergnügen. So eine melancholische Aufgabe, alle die Sachen der lieben Mrs. Welman durchzusehen!«
»Ich danke Ihnen, Mrs. Bishop, aber ich mache es lieber allein. Man kann manche Dinge besser allein tun – –«
Mrs. Bishop erwiderte steif:
»Wie es Ihnen beliebt, natürlich.«
Dann fuhr sie fort:
»Die Tochter von Gerrard ist hier; gestern war sein Begräbnis. Sie wohnt bei Schwester Hopkins. Ich hörte, daß die beiden heute vormittag zum Pförtnerhaus gegangen sind.«
Elinor nickte.
»Ja, ich ersuchte Mary, herzukommen und das Pförtnerhaus zu räumen. Major Somervell will so bald wie möglich einziehen.«
»Ah, ich verstehe.«
»Nun, ich muß jetzt gehen. Ich habe mich sehr gefreut, Sie wiedergesehen zu haben, Mrs. Bishop. Ich werde an den Sekretär und die Stühle denken.«
Sie schüttelte ihr die Hand und ging weiter.
Sie ging zum Bäcker und kaufte einen Laib Brot. Dann ging sie ins Milchgeschäft und kaufte ein halbes Pfund Butter und etwas Milch.

Schließlich ging sie zum Kaufmann.
»Ich möchte eine Paste für Sandwiches, bitte.«
»Sofort, Miss Carlisle.« Mr. Abbott selbst eilte diensteifrig herbei und schob seinen Angestellten beiseite. »Was hätten Sie denn gern? Lachs und Garnele? Truthahn und Zunge? Lachs und Anchovis? Schinken und Zunge?«
Er nahm ein Glas nach dem anderen herunter und reihte sie auf dem Ladentisch auf.
Elinor erklärte mit einem leisen Lächeln:
»Ich finde immer, sie schmecken trotz ihrer unterschiedlichen Namen so ziemlich alle gleich.«
Mr. Abbott stimmte sofort zu.
»In gewisser Weise vielleicht, ja. Aber sie sind natürlich sehr schmackhaft – sehr schmackhaft.«
»Man hat sich eigentlich immer gefürchtet, Fischpasten zu essen; es hat doch Fälle von Fischvergiftung danach gegeben, nicht?«
Mr. Abbott machte ein entsetztes Gesicht.
»Ich kann Ihnen versichern, das hier ist eine ausgezeichnete Marke – ganz verläßlich – wir haben nie eine Klage gehabt.«
»Ich nehme also einmal Lachs und Anchovis und einmal Lachs und Garnelen. Danke.«

Elinor Carlisle betrat die Anlagen von Hunterbury durch die Hintertür.
Es war ein heißer, klarer Sommertag, die Wicken blühten. Der Untergärtner Horlick, der dageblieben war, um den Garten in Ordnung zu halten, begrüßte sie ehrerbietig.
»Guten Morgen, Miss. Ich erhielt Ihren Brief. Sie werden die Seitentür offen finden. Ich habe die Läden und die meisten der Fenster geöffnet.«
»Danke, Horlick.«
Als sie weitergehen wollte, sagte der junge Mann etwas zaghaft:
»Entschuldigen, Miss –«

Elinor wandte sich um.
»Ja?«
»Ist es wahr, daß das Haus verkauft ist? Ich meine, ist es ganz abgemacht?«
»Ja, gewiß!«
»Ich dachte mir, Miss, ob Sie vielleicht ein gutes Wort für mich einlegen würden – bei Major Somervell, meine ich. Er wird ja Gärtner brauchen. Vielleicht denkt er, ich bin noch zu jung für einen Obergärtner, aber ich habe jetzt vier Jahre unter Mr. Stephens gearbeitet, und ich kann schon ganz schön viel, und ich hab alles gut in Schuß gehalten, seit ich allein hier bin.«
»Natürlich werde ich für Sie tun, was ich kann, Horlick. Ich hatte ohnehin die Absicht, dem Major zu sagen, was für ein guter Gärtner Sie sind.«
Horlick wurde dunkelrot.
»Danke schön, Miss. Das ist sehr freundlich von Ihnen. Sie verstehen vielleicht, es war ein Schlag für uns – Mrs. Welmans Tod, und daß es so schnell verkauft wurde – und ich – die Sache ist nämlich, ich wollte im Herbst heiraten, aber man muß doch etwas Sicheres wissen . . .«
Elinor sagte freundlich:
»Ich hoffe, daß der Major Sie behalten wird. Sie können sich darauf verlassen, daß ich tun werde, was ich kann.«
»Danke schön, Miss. Wissen Sie, wir hatten alle gehofft, daß die Familie das Haus behalten würde. Danke nochmals.«
Elinor ging weiter.
Plötzlich überflutete sie eine Woge von Zorn, von wildem Zorn.
»Wir haben alle gehofft, daß die Familie das Haus behalten würde . . .«
Sie und Roddy hätten hier leben können! Sie und Roddy . . . Roddy hätte das gewünscht, es wäre auch ihr Wunsch gewesen. Sie hatten beide Hunterbury immer geliebt. Liebes Hunterbury . . . In den Jahren vor dem Tod

ihrer Eltern, als diese in Indien lebten, war Elinor in den Schulferien immer hierhergekommen. Sie hatte im Wald und am Bach gespielt, ganze Arme voll Blumen gepflückt, dicke grüne Stachelbeeren und dunkelrote Himbeeren gegessen; später hatte es Äpfel gegeben. Sie hatte geheime Schlupfwinkel gehabt, in denen sie stundenlang mit einem Buch saß.

Sie hatte Hunterbury geliebt. Sie war immer, halb unbewußt, sicher gewesen, eines Tages ständig dort zu leben. Tante Laura hatte sie in dieser Vorstellung bestärkt durch kleine Bemerkungen wie:

»Einmal, Elinor, wirst du vielleicht diese Eiben fällen lassen, sie sind ein wenig düster! Hier könnte man einen Steingarten anlegen, vielleicht tust du es eines Tages.«

Und Roddy? Roddy hatte Hunterbury ebenfalls als sein künftiges Heim betrachtet.

Und sie würden hier zusammengelebt haben! Würden jetzt zusammen hier sein, nicht beim Einpacken zum Verkauf, sondern beim Planen von schönen neuen Einrichtungen in Haus und Garten, würden Seite an Seite in ruhiger Besitzerfreude hier herumgehen, glücklich – ja, glücklich miteinander – wäre nicht der verhängnisvolle Zufall, in Gestalt eines Mädchens – schön wie eine wilde Rose – gewesen . . .

Was wußte Roddy schon von Mary Gerrard? Nichts – weniger als nichts! Liebte er sie denn, sie, die wirkliche Mary? Sie hatte möglicherweise bewundernswerte Eigenschaften, aber wußte Roddy etwas von ihnen? Es war die alte Geschichte – das uralte grausame Spiel von Mutter Natur! Hatte Roddy nicht selbst gesagt, es sei eine Verzauberung? Wollte Roddy selbst nicht eigentlich frei werden davon?

Sollte Mary Gerrard zum Beispiel – sterben, würde Roddy nicht eines Tages selbst zugeben: »Es war am besten so, ich sehe das jetzt ein. Wir hatten nichts gemeinsam . . .«

Er würde vielleicht mit sanfter Wehmut hinzufügen: »Sie war ein wundervolles Geschöpf . . .«

Mochte sie das für ihn sein – ja, eine wundervolle Erinnerung voll beglückender Schönheit ...
Sollte Mary Gerrard etwas passieren, so würde Roddy zu ihr, Elinor, zurückkehren ... dessen war sie ganz sicher!
Sollte Mary Gerrard etwas passieren ...
Elinor öffnete die Seitentür. Sie ging aus dem warmen Sonnenschein in den Schatten des Hauses. Sie erschauerte.
Es war kalt hier drinnen, dunkel, unheilvoll ... Es war, als sei etwas da, hier im Haus, das auf sie wartete ...
Sie ging durch die Halle und stieß die Tür auf, die in den Anrichteraum führte.
Es roch etwas dumpf. Sie öffnete das Fenster weit und legte ihre Pakete ab – die Butter, das Brot, die kleine Flasche Milch.
Zu dumm! Ich wollte doch auch Kaffee kaufen, dachte sie.
Sie schaute in die Büchsen im Fach, in einer war ein wenig Tee, jedoch kein Kaffee. Je nun, es wird auch so gehen, dachte sie gleichgültig.
Sie wickelte die zwei Gläser mit Fischpaste aus und starrte sie eine Weile an. Dann verließ sie den Raum und ging hinauf, direkt in Mrs. Welmans Zimmer. Sie begann mit dem hohen Schrank, öffnete Laden, sortierte, ordnete, legte Kleider auf einen Stoß ...

Im Pförtnerhaus sah Mary Gerrard sich ziemlich hilflos um. Sie hatte irgendwie nicht mehr gewußt, wie eng alles war. Ihr vergangenes Leben stürzte über sie herein wie eine Flut. Mutti, die ihr Puppenkleider nähte. Vater immer brummig und mürrisch, lieblos mit ihr. Ja, er mochte sie nicht ...
Sie sagte plötzlich zu Schwester Hopkins:
»Vater sagte nicht etwas – sandte mir keine Botschaft, bevor er starb, wie?«

Schwester Hopkins war heiter und ungerührt wie immer. »O Gott, nein. Er war schon eine Stunde, bevor er starb, bewußtlos.«
»Ich habe das Gefühl, ich hätte vielleicht herkommen und mich um ihn kümmern sollen; er war doch schließlich mein Vater.«
In Schwester Hopkins' Stimme lag etwas wie Verlegenheit.
»Hören Sie mir mal zu, Mary: Ob er Ihr Vater war oder nicht, hat nichts damit zu tun. Kinder kümmern sich heutzutage, soviel ich sehe, nicht allzuviel um ihre Eltern, und viele Eltern kümmern sich auch nicht um ihre Kinder. Mag dem sein, wie es will – wir müssen jedenfalls mit dem Leben fertig werden – das ist unsere Aufgabe, und manchmal keine allzu leichte dazu!«
»Ich vermute, Sie haben recht«, sagte Mary langsam. »Aber ich fühle, daß es vielleicht meine Schuld war, daß wir nicht besser miteinander auskamen.«
»Unsinn!«
Das Wort explodierte wie eine Bombe.
Es beruhigte Mary. Schwester Hopkins wandte sich nun praktischeren Dingen zu.
»Was machen Sie mit den Möbeln? Einstellen? Verkaufen?«
Mary war sich unschlüssig.
»Ich weiß nicht. Was meinen Sie?«
Nachdem sie alles begutachtet hatte, sagte Schwester Hopkins:
»Einiges davon ist ganz gut und solide gearbeitet. Sie könnten es einstellen und sich eines Tages in London eine kleine Wohnung damit einrichten. Den Plunder sollten Sie versuchen loszuwerden.«
Dann machten sie eine Liste der Stücke, die behalten und die verkauft werden sollten.
»Der Rechtsanwalt, Mr. Seddon meine ich, war sehr gut zu mir. Er gab mir einen Vorschuß, damit ich meine Aus-

bildung und andere Ausgaben bestreiten könne. Er sagte, es dauere noch ungefähr einen Monat, bis er mir das ganze Geld überweisen kann.«

»Wie gefällt Ihnen denn Ihre Arbeit?«

»Ich glaube, sie wird mir viel Freude machen, sie ist nur etwas anstrengend am Anfang. Ich komme immer todmüde nach Hause.«

Schließlich waren sie auch mit den Kleidern des Alten fertig. Nun kam noch eine Blechschachtel voll mit Papieren.

»Die müssen wir wohl auch durchgehen, denke ich«, seufzte Mary.

Schwester Hopkins brummte, als sie den ersten Packen in die Hand nahm.

»Merkwürdig, was für einen Plunder manche Leute aufheben! Zeitungsausschnitte! Alte Briefe! Alle möglichen Dinge!«

Mary entfaltete ein Dokument.

»Da ist Vaters und Mutters Trauschein, sie haben in der St.-Albans-Kirche geheiratet.«

»Ja, aber, Schwester --«

Die andere blickte rasch auf, sie sah die Bestürzung in den Augen des Mädchens und fragte scharf:

»Was ist los?«

Mary Gerrard sagte mit bebender Stimme:

»Sehen Sie nicht? Ich bin einundzwanzig. Das heißt – das heißt – daß mein Vater und meine Mutter – sie haben erst ein Jahr nach meiner Geburt geheiratet.«

Schwester Hopkins runzelte die Stirn.

»Nun, und was weiter? Machen Sie sich doch darüber keine Gedanken – nach der langen Zeit!«

»Aber, Schwester, ich kann nicht anders!«

»Es gehen viele erst später in die Kirche, als sie sollten. Aber solange sie's überhaupt tun, was liegt daran? So sehe ich das an.«

»Glauben Sie, daß das der Grund ist – warum mein Va-

ter mich nicht mochte? Weil ihn die Mutter vielleicht zwang, sie zu heiraten?«
Schwester Hopkins zögerte. Sie biß sich auf die Lippen.
»Es war nicht ganz so, glaube ich.« Sie wartete ein wenig, dann fuhr sie fort:
»Na ja, da Sie ohnehin darüber nachgrübeln werden, können Sie auch gleich die Wahrheit erfahren: Sie sind gar nicht Gerrards Tochter.«
»Also deshalb!«
»Kann sein.«
Marys Wangen färbten sich plötzlich rot.
»Es ist vielleicht schlecht von mir, aber ich bin froh! Es war mir immer so ein unangenehmes Gefühl, daß ich meinen Vater nicht gern hatte, aber wenn er nicht mein Vater war, so erscheint das ja in Ordnung. Wie haben Sie es erfahren?«
Schwester Hopkins lächelte.
»Gerrard sprach sehr viel davon, ehe er starb. Ich sagte ihm öfters, er solle nicht davon reden, aber er scherte sich nicht darum. Natürlich hätte ich Ihnen nichts davon gesagt, wenn das andere nicht herausgekommen wäre.«
»Ich möchte wissen, wer mein wirklicher Vater war . . .«
Schwester Hopkins zögerte. Sie öffnete den Mund, dann schloß sie ihn wieder. Sie konnte sich offensichtlich nicht zum Reden entschließen.
Da fiel ein Schatten ins Zimmer; beide sahen sich um und erblickten Elinor Carlisle vor dem Fenster. Sie nickte ihnen zu.
»Guten Tag.«
Schwester Hopkins erwiderte eifrig:
»Guten Tag, Miss Carlisle. Wundervolles Wetter heute, nicht wahr?«
Marys Stimme klang zögernd.
»Oh – guten Tag, Miss Elinor.«
Elinors Stimme wirkte ruhig wie immer.
»Ich habe ein paar Sandwiches gemacht, wollen Sie nicht

heraufkommen und mitessen? Es ist gleich ein Uhr, und es ist so lästig, wegen dem bißchen Essen nach Hause zu gehen. Ich habe extra genug für drei gekauft.«
Schwester Hopkins war angenehm überrascht.
»Aber das muß ich sagen, Miss Carlisle, das ist furchtbar nett von Ihnen! Es ist wirklich lästig, die Arbeit zu unterbrechen und den ganzen Weg vom Dorf wieder zurückzukommen. Ich hoffte, wir würden diesen Vormittag fertig, aber das Sortieren dauert länger, als man glaubt.«
Sie gingen alle drei zum Haus hinauf. Elinor hatte die Vordertür offengelassen. Als sie in die kühle Halle traten, schauerte Mary ein wenig. Elinor sah sie scharf an und sagte:
»Was ist?«
»Oh, nichts – nur ein Schauer; es ist kühl hier – nach der Sonne . . .«
Elinor sagte mit leiser Stimme:
»Das ist seltsam. Das habe ich heute früh auch gefühlt.«
Schwester Hopkins rief mit lauter, fröhlicher Stimme lachend:
»Also nächstens werden Sie noch behaupten, es sind Geister im Haus! Ich habe gar nichts gespürt!«
Elinor lächelte.
Sie ging durch die Halle und brachte aus dem Anrichteraum einen großen Teller mit belegten Broten. Sie hielt ihn Mary hin.
»Bitte, nehmen Sie!«
Sie schaute zu, wie des Mädchens ebenmäßige weiße Zähne in das Brot bissen, hielt einen Augenblick den Atem an und stieß ihn dann mit einem kleinen Seufzer aus.
Zerstreut stand sie eine Weile mit dem Teller da, dann wurde sie beim Anblick von Schwester Hopkins' halbgeöffneten Lippen und hungrigem Ausdruck rot und bot rasch auch der Älteren an. Während sie sich selbst nahm, sagte sie entschuldigend:

»Ich wollte eigentlich Kaffee machen, habe jedoch vergessen, welchen zu besorgen; es ist aber Bier da, wenn jemand das mag?«
Schwester Hopkins meinte betrübt:
»Hätte ich nur daran gedacht, Tee mitzubringen!«
»Es ist noch ein wenig Tee in der Büchse«, erklärte Elinor.
Schwester Hopkins' Gesicht hellte sich auf.
»Dann geh ich geschwind und setze den Kessel auf. Milch ist wohl keine da, wie?«
»Doch, ich habe eine Flasche gebracht.«
»Nun, dann ist ja alles in Ordnung.«
Schwester Hopkins eilte hinaus.
Eine seltsame Spannung schlich sich in den Raum. Elinor versuchte mit offensichtlicher Anstrengung, Konversation zu machen. Ihre Lippen waren trocken, sie fuhr sich mit der Zunge darüber.
»Ihre Arbeit in London gefällt Ihnen?«
»Ja, danke. Ich – ich bin Ihnen sehr dankbar – –«
Ein plötzlicher, rauher Ton brach von Elinors Lippen – ein so unschönes Lachen, ihr so unähnlich, daß Mary sie erstaunt ansah.
»Sie brauchen nicht so dankbar zu sein!«
Mary murmelte etwas verlegen:
»Ich meinte – das heißt – –«
Sie hielt inne.
Elinor starrte sie an – mit einem so forschenden, ja seltsamen Blick, daß Mary darunter zusammenzuckte.
»Ist – ist etwas nicht in Ordnung?«
Elinor stand rasch auf.
»Was sollte nicht in Ordnung sein?«
»Sie – schauten – –«
»Hab ich Sie angestarrt? Entschuldigen Sie! Das tue ich manchmal – wenn ich an etwas anderes denke.«
Da schaute Schwester Hopkins zur Tür herein und bemerkte fröhlich: »Ich habe den Kessel aufgesetzt«, und ging wieder.

Schweigen senkte sich eine Weile zwischen die beiden.
Dann sagte Mary, während sich ihr Gesicht rötete:
»Miss Elinor, Sie dürfen nicht denken – –«
Sie hielt inne, gewarnt durch Elinors plötzliches Emporrecken ihrer schlanken Gestalt, den stolz erhobenen Kopf. Als sie sprach, war ihre Stimme kalt und stählern.
»Was darf ich nicht denken?«
»Ich – ich habe vergessen, was ich sagen wollte.«
Schwester Hopkins kam mit einem Tablett herein, auf dem eine braune Teekanne, Milch und drei Tassen standen. Ohne die gespannte Atmosphäre zu bemerken, sagte sie:
»So, hier ist der Tee!«
Sie stellte eine Tasse vor Elinor hin, doch die schüttelte den Kopf:
»Ich mag nicht, danke.«
Sie schob das Tablett Mary zu, die zwei Tassen eingoß.
Schwester Hopkins seufzte zufrieden.
»Er ist gut und stark.«
Genießerisch leerte sie die Tasse, stellte sie dann nieder und sagte:
»Ich drehe nur eben das Gas ab; ich hatte noch einen Kessel draufgestellt für den Fall, daß wir nachfüllen müßten.«
Geschäftig eilte sie hinaus.
Wieder senkte sich Schweigen über den Raum.
Mary dachte: Wie seltsam heute alles ist! Als ob – als ob wir auf etwas warten würden.
Endlich rührte sich Elinor, sie kam vom Fenster, nahm das Tablett hoch und stellte den leeren Sandwich-Teller darauf.
Mary sprang auf.
»Ach, Miss Elinor, lassen Sie mich!«
Doch Elinor sagte nur kurz:
»Nein, bleiben Sie hier; ich mache das schon.«
Sie trug das Tablett aus dem Zimmer. Dabei schaute sie noch einmal über die Schulter auf Mary Gerrard am Fenster, jung und lebendig und schön . . .

Schwester Hopkins war im Anrichteraum. Sie wischte sich eben das Gesicht mit einem Taschentuch ab und blickte rasch auf, als Elinor eintrat.
»Mein Himmel, hier ist es vielleicht heiß!«
Elinor antwortete mechanisch:
»Ja, die Anrichte geht nach Süden.«
Schwester Hopkins nahm ihr das Tablett ab.
»Lassen Sie mich abwaschen, Miss Carlisle. Sie sehen nicht besonders gut aus.«
»Ach, mir fehlt nichts.«
Sie nahm ein Geschirrtuch.
»Ich werde abtrocknen.«
Schwester Hopkins legte ihre Manschetten ab und goß heißes Wasser aus dem Kessel in die Abwaschschüssel.
Elinor bemerkte mit einem Blick auf das Handgelenk der anderen:
»Sie haben sich gestochen.«
Schwester Hopkins lachte.
»An der Kletterrose am Pförtnerhaus – ein Dorn.«
Die Kletterrose am Pförtnerhaus ... Erinnerungen überfluteten Elinor. Wie sie und Roddy stritten – der Krieg der Rosen. Wie sie und Roddy stritten – und sich versöhnten! Schöne, lachende, glückliche Tage. Wohin war sie geraten? Welch schwarzer Abgrund von Haß – von bösen Gedanken ... Sie wankte ein wenig. Sie dachte: Ich bin wahnsinnig gewesen – völlig wahnsinnig.
Schwester Hopkins starrte sie neugierig an.
»Direkt sonderbar kam sie mir vor ...«, erzählte Schwester Hopkins später. »Redete, als wisse sie nicht, was sie sage, mit seltsam glänzenden Augen.«
Die Untertassen und Tassen waren schon in der Schüssel. Elinor nahm ein leeres Fischpastenglas vom Tisch und steckte es dazu.
»Ich habe oben übrigens einige Kleider ausgemustert, Sachen von Tante Laura. Ich dachte, Schwester, Sie

könnten mir vielleicht sagen, wem im Dorf sie von Nutzen sein könnten.«
»Gern. Da ist einmal Mrs. Parkinson und die alte Nelly, und dann das arme Wesen, das nicht ganz richtig im Kopf ist – für die alle wird es ein Segen sein.«
Schwester Hopkins und Elinor räumten die Sachen weg, dann gingen sie miteinander hinauf.
In Mrs. Welmans Zimmer lagen Kleidungsstücke sauber zusammengefaltet in Stößen: Wäsche, Oberbekleidung, samtene Schlafröcke, ein Bisampelz. Letzteren, erklärte Elinor, wolle sie Mrs. Bishop geben. Schwester Hopkins nickte.
Sie sah, daß Mrs. Welmans Zobel auf der Kommode lag. Den läßt sie sich selbst herrichten, vermutete sie.
Sie warf einen Blick auf die hohen Schränke und überlegte, ob Elinor wohl jene Fotografie mit der Aufschrift »Lewis« gefunden habe, und wenn ja, was sie sich dabei gedacht habe.
Komisch, dachte sie, wie der Brief O'Briens sich mit meinem gekreuzt hat! So etwas hätte ich mir nie träumen lassen, daß sie gerade an dem Tag auf die Fotografie stoßen würde, an dem ich ihr von Mrs. Slattery schrieb.
Sie half Elinor die Kleider sortieren und erklärte sich bereit, für die Verteilung zu sorgen.
»Ich kann das tun, während Mary ins Pförtnerhaus geht und dort fertigmacht; sie hat nur noch eine Schachtel Papiere durchzugehen. Wo ist das Mädel übrigens? Ist sie zum Pförtnerhaus hinuntergegangen?«
»Ich ließ sie im Frühstückszimmer . . .«, sagte Elinor gleichgültig.
»Sie wird doch nicht noch immer dort sein.« Schwester Hopkins sah auf die Uhr. »Wir sind ja schon fast eine Stunde hier oben!«
Sie eilte die Treppe hinab. Elinor folgte ihr. Als sie ins Frühstückszimmer traten, rief Schwester Hopkins:
»Nein, so etwas! Sie ist eingeschlafen!«

Mary Gerrard saß in einem großen Lehnstuhl am Fenster; sie war ein wenig darin zusammengesunken. Ein seltsames Geräusch war im Zimmer zu hören: schweres, röchelndes Atmen.
Schwester Hopkins ging hinüber und schüttelte das Mädchen.
»Wachen Sie auf, meine Liebe – –«
Sie brach ab, beugte sich nieder, zog an einem Augenlid. Dann begann sie das Mädchen in grimmigem Ernst zu schütteln.
Sie wandte sich Elinor zu. Es lag etwas Drohendes in ihrer Stimme, als sie sagte:
»Was heißt das?«
»Ich weiß nicht, was Sie meinen, ist sie krank?«
»Wo ist das Telefon? Versuchen Sie so schnell wie möglich Dr. Lord zu erreichen.«
»Was ist denn los?«
»Was los ist? Das Mädel ist krank. Es liegt im Sterben.«
Elinor trat einen Schritt zurück.
»Im Sterben?«
Schwester Hopkins sagte langsam:
»Sie ist vergiftet worden . . .«
Dabei sah sie Elinor durchdringend an. In ihrem Blick lag ein schwerer Verdacht.

8

Hercule Poirot, den eiförmigen Kopf leicht zur Seite geneigt, die Augenbrauen fragend gehoben, beobachtete den jungen Mann, der wild im Zimmer auf und ab lief und dessen sympathisches, sommersprossiges Gesicht in bekümmerte Falten gelegt war. Schließlich fragte er:
»*Eh bien,* mein Freund, was bedeutet all das?«
Peter Lord hielt in seinem Lauf inne.

»Poirot, Sie sind der einzige Mensch auf der Welt, der mir helfen kann. Ich habe Stillingfleet von Ihnen reden hören, er hat mir erzählt, was Sie im Fall Benedict Farly gemacht haben, als jedermann dachte, es sei Selbstmord, und Sie bewiesen, daß es ein Mord war.«
»Haben Sie denn einen Fall von Selbstmord unter Ihren Patienten, über den Sie sich nicht klar sind?«
Peter Lord schüttelte den Kopf. Er setzte sich Poirot gegenüber und erklärte:
»Es handelt sich um ein junges Mädchen. Sie ist verhaftet worden und des Mordes angeklagt! Ich möchte, daß Sie Beweise finden, daß sie es nicht getan hat!«
Poirots Augenbrauen hoben sich noch ein wenig höher. Dann fragte er in betont diskreter und vertraulicher Art:
»Sie und diese junge Dame – Sie sind verlobt – ja? Sie sind ineinander verliebt?«
Peter Lord lachte – es war ein scharfes, bitteres Lachen.
»Nein, so ist das nicht! Sie hat den schlechten Geschmack, einen langnasigen, hochmütigen Esel mit dem Gesicht eines melancholischen Pferdes mir vorzuziehen! Dumm von ihr, aber es ist mal so!«
»Ah, ich verstehe.«
»Ja, Sie verstehen ganz richtig! Sie brauchen gar nicht so taktvoll zu sein. Ich habe mich nun mal in sie verliebt, und deshalb will ich sie nicht hängen sehen. Verstanden?«
»Wie lautet die Anklage gegen sie?«
»Sie ist angeklagt, ein Mädchen namens Mary Gerrard ermordet zu haben, indem sie es mit Morphium vergiftete. Sie haben wahrscheinlich den Bericht über die Leichenschau in den Zeitungen gelesen.«
»Und das Motiv?«
»Eifersucht!«
»Und Ihrer Meinung nach hat sie es nicht getan?«
»Nein, natürlich nicht.«
Hercule Poirot blickte ihn eine Weile nachdenklich an, dann fragte er:

»Was wollen Sie eigentlich, daß ich mache? Soll ich die Sache untersuchen?«
»Ich will, daß Sie sie freikriegen.«
»Ich bin kein Verteidiger, *mon cher.*«
»Ich will es deutlicher sagen: Ich will, daß Sie Beweise finden, die es ihrem Verteidiger ermöglichen, sie freizukriegen.«
»Sie drücken sich etwas merkwürdig aus.«
»Weil ich es nicht einwickle, meinen Sie? Es scheint mir einfach genug. Ich will, daß dieses Mädchen freigesprochen wird. Und ich glaube, Sie sind der einzige Mensch, der das zuwege bringen kann!«
»Sie wünschen, daß ich die Tatsachen untersuche? Daß ich die Wahrheit aufdecke? An den Tag bringe, was wirklich geschehen ist?«
»Ich will, daß Sie Tatsachen finden, die zu ihren Gunsten sprechen.«
Hercule Poirot zündete sich mit Sorgfalt eine Zigarette an.
»Aber ist das nicht etwas unethisch, was Sie da sagen? Die Wahrheit herauszufinden, ja, das interessiert mich immer. Jedoch die Wahrheit ist eine zweischneidige Waffe. Wie, wenn ich Tatsachen finde, die gegen die Dame sprechen? Verlangen Sie, daß ich die unterdrücke?«
Peter Lord stand auf, er war sehr blaß.
»Das ist unmöglich! Nichts, das Sie finden könnten, könnte mehr gegen sie sprechen, als es die Tatsachen schon tun! Sie sind ganz und gar vernichtend! Es gibt soviel Beweise gegen sie – klar und deutlich für die ganze Welt! Sie können nichts finden, das sie stärker verdammen würde, als sie es schon ist! Ich bitte Sie, Ihren ganzen Scharfsinn aufzubieten – Stillingfleet hat behauptet, Sie seien außerordentlich scharfsinnig –, um einen Ausweg zu finden.«
»Aber sicherlich werden doch ihre Rechtsvertreter das tun?«

»Glauben Sie?« Der junge Mann lachte verächtlich. »Die haben die Sache schon von vornherein verlorengegeben! Halten sie für aussichtslos! Sie haben als Verteidiger Bulmer genommen – den Mann der hoffnungslosen Fälle –, das allein sagt schon alles! Großer Redner – drückt auf die Tränendrüsen – betont die Jugend der Angeklagten – all das! Aber der Richter wird sie nicht durchschlüpfen lassen, gar keine Hoffnung!«
»Angenommen, sie ist wirklich schuldig – wollen Sie sie da auch freigesprochen haben?«
Peter Lord sagte ruhig: »Ja.«
Hercule Poirot machte eine Bewegung.
»Sie interessieren mich . . .«
Nach einer Weile meinte er:
»Ich glaube, Sie sollten mir die genauen Tatsachen des Falles mitteilen.«
»Haben Sie nicht darüber in den Zeitungen gelesen?«
Hercule Poirot winkte ab.
»Eine Erwähnung – ja. Aber die Zeitungen sind so ungenau, ich halte mich nie an sie.«
»Es ist ganz einfach. Entsetzlich einfach. Dieses Mädchen, Elinor Carlisle, hatte eben einen Besitz hier in der Nähe – Hunterbury Hall – und ein Vermögen von ihrer Tante geerbt, die ohne Testament starb. Der Name der Tante war Welman. Sie hatte einen angeheirateten Neffen – Roderick Welman. Er war mit Elinor Carlisle verlobt – eine alte Freundschaft, sie kannten sich seit ihrer Kindheit. Dann war da ein Mädchen in Hunterbury: Mary Gerrard, Tochter des Pförtners. Die alte Mrs. Welman hatte eine Menge für sie getan, hatte ihre Erziehung bezahlt usw. Wirkte fast wie eine Dame, das Mädchen. Roderick Welman, so scheint es, verliebte sich in sie. Infolgedessen wurde die Verlobung aufgelöst. Elinor Carlisle verkaufte daraufhin den Besitz an einen Mann namens Somervell. Elinor kam her, um die persönlichen Sachen ihrer Tante wegzuschaffen und so weiter. Mary Gerrard,

deren Vater eben gestorben war, räumte das Pförtnerhaus. Das bringt uns zum Vormittag des 27. Juli.
Elinor Carlisle wohnte im Dorfwirtshaus. Auf der Straße traf sie die ehemalige Haushälterin, Mrs. Bishop. Mrs. Bishop bot ihre Hilfe an, aber Elinor lehnte ab – ziemlich heftig. Dann ging sie zum Kaufmann, wo sie etwas Fischpaste kaufte und eine Bemerkung über Fischvergiftungen machte. Sie sehen? Vollkommen harmlose Sache, das zu sagen; aber natürlich wird es gegen sie ausgelegt! Sie ging ins Haus hinauf, und um ein Uhr kam sie zum Pförtnerhaus, wo Mary Gerrard mit der Gemeindeschwester, einer Schnüffelnase namens Hopkins, am Aufräumen war, und sagte ihnen, sie habe oben im Haus belegte Brote zubereitet. Sie gingen mit ihr hinauf, aßen die Brote, und nach ungefähr einer Stunde wurde ich geholt und fand Mary Gerrard bewußtlos vor. Ich tat, was ich konnte, aber alles vergeblich. Die Autopsie ergab, daß eine große Dosis Morphium vor kurzem eingenommen worden war. Und die Polizei fand gerade dort, wo Elinor die Brote geschmiert hatte, ein Stückchen von einem Etikett mit der Aufschrift *morphin. Hydra.*«
»Was aß oder trank Mary Gerrard sonst noch?«
»Sie und die Schwester tranken Tee zu den Broten. Die Pflegerin machte ihn, und Mary schenkte ihn ein. Da kann nichts drin gewesen sein. Natürlich wird der Verteidiger ein großes Geschrei anheben über die Brote, wird sagen, daß alle drei davon aßen, daß es daher unmöglich war, sicher zu sein, daß nur eine Person vergiftet würde. Im Fall Hearne wurde das gesagt. Sie erinnern sich?«
Poirot nickte.
»Tatsächlich jedoch ist es sehr einfach. Sie richten die Brote her. In einem davon ist das Gift. Sie bieten den Teller an. Bei normalem Verlauf der Dinge ist vorauszusehen, daß die Person, der angeboten wurde, das nächstliegende Brot nehmen wird. Ich nehme an, daß Elinor Carlisle den Teller zuerst Mary Gerrard angeboten hat?«

»Ganz richtig.«
»Obwohl die Gemeindeschwester, die älter war, danebenstand?«
»Ja.«
»Das sieht nicht sehr gut aus.«
»Es bedeutet doch wirklich gar nichts! Man ist nicht so förmlich bei so einer improvisierten Mahlzeit.«
»Wer hat noch mal die Brote gemacht?«
»Elinor Carlisle.«
»War sonst noch jemand im Haus?«
»Niemand.«
Poirot schüttelte den Kopf.
»Das ist schlimm. Und das Mädchen hat nichts zu sich genommen als den Tee und die Brote?«
»Nichts. Der Mageninhalt beweist das.«
»Es wird also vorgebracht, daß Elinor Carlisle hoffte, der Tod des Mädchens würde einer Fischvergiftung zugeschrieben werden? Wie wollte sie die Tatsache erklären, daß es nur ein Mitglied der Teegesellschaft erwischt hat?«
»Das kommt manchmal vor. Es waren auch zwei Töpfchen Paste – beide ziemlich gleich aussehend. Man würde annehmen, daß eines in Ordnung war, und daß durch einen Zufall alle verdorbene Paste von Mary gegessen wurde.«
»Die mathematische Wahrscheinlichkeit dagegen ist, glaube ich, sehr groß. Aber noch ein Punkt, wenn Fischvergiftung vorgetäuscht werden sollte: Warum wurde dann nicht ein anderes Gift gewählt als Morphium? Dessen Symptome ähneln nicht im geringsten denen einer Fischvergiftung. Da wäre noch Atropin eine viel bessere Wahl gewesen!«
»Ja, das ist wahr«, sagte Peter Lord langsam, »aber da ist noch etwas. Die verdammte Gemeindeschwester schwört, ihr sei ein Röhrchen mit Morphium abhanden gekommen!«
»Wann?«

»Ach, vor Wochen, an dem Abend, an dem die alte Mrs. Welman starb. Die Schwester sagt, sie habe ihr Köfferchen in der Halle stehen gelassen und am nächsten Morgen ein Röhrchen mit Morphium vermißt. Alles Schwindel, glaube ich.«

»Sie hat sich erst nach dem Tod von Mary Gerrard daran erinnert?«

Peter Lord schüttelte widerstrebend den Kopf.

»Tatsächlich hat sie es wohl schon damals erwähnt – der diensttuenden Pflegerin gegenüber.«

Hercule Poirot betrachtete Peter Lord mit wachsendem Interesse.

»Ich denke, mein Lieber, es gibt noch etwas – etwas, das Sie mir noch nicht gesagt haben.«

»Nun gut, es wird am besten sein, Sie hören gleich alles«, gab Peter Lord nach. »Man hat eine Exhumierungsgenehmigung beantragt und wird die alte Mrs. Welman ausgraben.«

»Eh bien?«

»Wenn sie es tun, werden sie wahrscheinlich finden, was sie suchen – *Morphium*!«

»Sie wußten das?«

Der junge Arzt, dessen Gesicht unter den Sommersprossen ganz blaß geworden war, murmelte: »Ich argwöhnte es.«

Hercule Poirot schlug mit der Hand auf die Lehne seines Stuhles.

»*Mon Dieu,* ich verstehe Sie nicht! Sie wußten, als sie starb, daß sie ermordet worden war?«

»Großer Gott, nein!« schrie Peter Lord, »so etwas habe ich mir nicht träumen lassen! Ich dachte, sie habe es selbst genommen.«

Poirot sank in seinem Stuhl zurück.

»Ah! *Das* dachten Sie . . .«

»Natürlich! Sie hatte zu mir darüber gesprochen; hatte mich mehr als einmal gefragt, ob ich ihr ›nicht helfen könne‹. Sie haßte die Krankheit, ihre Hilflosigkeit – das elende Daliegen, wie sie es nannte, und behandelt zu werden wie ein Baby. Und sie war eine sehr entschlossene Frau.«

Er schwieg einen Augenblick, dann fuhr er fort:

»Ich war sehr überrascht über ihren Tod, hatte ihn nicht erwartet. Ich schickte die Pflegerin aus dem Zimmer und untersuchte sie so gründlich, wie ich konnte. Natürlich, ganz sicher konnte ich ohne Autopsie nicht sein. Aber was nützte das? Wenn sie die Sache abgekürzt hatte – wozu ein Geschrei darüber anheben und einen Skandal hervorrufen? Lieber den Totenschein unterschreiben und sie in Frieden begraben lassen. Schließlich – ganz sicher war ich ja nicht. Ich traf die falsche Entscheidung, vermute ich, ich dachte allerdings nicht einen Augenblick an die Möglichkeit eines Verbrechens. Ich war überzeugt, sie habe es selbst getan.«

»Wie hatte sie sich Ihrer Meinung nach das Morphium verschafft?« fragte Poirot.

»Ich habe nicht die leiseste Ahnung. Aber sie war, wie ich Ihnen schon sagte, eine kluge Frau, mit viel Scharfsinn und von besonderer Entschlossenheit.«

»Konnte sie es von den Pflegerinnen haben?«

Peter Lord schüttelte den Kopf.

»Nie im Leben! Da kennen Sie die Pflegerinnen schlecht!«

»Von ihrer Familie?«

»Möglich. Könnte an ihr Mitgefühl appelliert haben.«

»Sie haben mir gesagt, daß Mrs. Welman ohne Testament starb. Wenn sie am Leben geblieben wäre, hätte sie ein Testament gemacht?«

Peter grinste plötzlich.

»Sie legen den Finger mit teuflischer Genauigkeit auf alle wunden Punkte, was? Ja, sie wollte ein Testament machen, war sehr erregt deswegen. Konnte nicht deutlich sprechen, machte jedoch ihre Wünsche klar. Elinor Carlisle sollte am nächsten Morgen als erstes den Rechtsanwalt anrufen.«

»Also wußte Elinor Carlisle, daß ihre Tante ein Testament machen wollte? Und wenn die Tante ohne ein Testament starb, erbte Elinor Carlisle alles?«
»Das wußte sie nicht«, sagte Peter Lord schnell. »Sie hatte keine Ahnung, daß ihre Tante nie ein Testament gemacht hatte.«
»Das, mein Freund, behaupten Sie. Sie kann es aber gewußt haben.«
»Sagen Sie, Poirot, sind Sie der Staatsanwalt?«
»Momentan ja. Ich muß alle Schwachstellen des Falles kennen. Hätte Elinor Carlisle das Morphium aus dem Köfferchen nehmen können?«
»Ja, genausogut wie viele andere. Roderick Welman, Schwester O'Brien. Jemand von der Dienerschaft.«
»Oder Dr. Lord?«
Peter Lord riß die Augen auf.
»Gewiß . . . Aber was hätte das für einen Sinn gehabt?«
»Mitleid vielleicht.«
Peter Lord schüttelte den Kopf.
»Keinesfalls! Sie müssen mir glauben!«
»Nehmen wir einmal etwas an. Sagen wir, daß Elinor Carlisle tatsächlich das Morphium aus dem kleinen Koffer genommen und es ihrer Tante gegeben hat. Wurde etwas erwähnt von dem Verlust des Morphiums?«
»Dem Haushalt gegenüber nicht. Die Pflegerinnen behielten es für sich.«
»Was wird der Staatsanwalt unternehmen?«
»Sie meinen, wenn Morphium in Mrs. Welmans Leiche gefunden wird?«
»Ja.«
Peter Lord sagte grimmig: »Es ist möglich, daß man, selbst wenn Elinor von der gegenwärtigen Anklage freigesprochen wird, sie aufs neue verhaftet und des Mordes an ihrer Tante anklagt.«
»Die Motive sind verschiedene«, meinte Poirot nachdenklich. »Das heißt, im Fall von Mrs. Welman wäre es

Gewinnsucht, während im Fall von Mary Gerrard Eifersucht zu vermuten ist.«
»Das ist richtig.«
»In welcher Richtung will die Verteidigung argumentieren?«
»Bulmer will vorbringen, daß es gar kein Motiv gab, daß die Verlobung von Elinor und Roderick nur aus Familienrücksichten geschlossen wurde, um Mrs. Welman eine Freude zu machen, und sobald die alte Dame tot war, Elinor aus eigenem Antrieb die Verlobung gelöst habe. Roderick Welman wird in diesem Sinn als Zeuge aussagen. Ich glaube, er sieht es beinahe selbst so!«
»Daß Elinor ihn nicht liebte?«
»Ja.«
»In welchem Fall«, sagte Poirot, »sie keinen Grund gehabt hätte, Mary Gerrard zu ermorden.«
»Richtig.«
»Aber wer hat dann Mary Gerrard ermordet?« Poirot schüttelte den Kopf. »*C'est difficile.*«
Peter Lord sagte heftig:
»Das ist es ja eben! Wenn sie es nicht getan hat, wer hat es getan? Da ist der Tee; aber sowohl Schwester Hopkins wie Mary tranken davon. Die Verteidigung wird versuchen, auf Selbstmord rauszukommen.«
»Hatte sie irgendeinen Grund, Selbstmord zu verüben?«
»Nicht den geringsten.«
»War sie der Typ, der leicht Selbstmord begeht?«
»Nein.«
»Wie war sie eigentlich, diese Mary Gerrard?«
Peter Lord überlegte: »Sie war – nun, sie war ein nettes Mädchen. Ja, entschieden ein nettes Mädchen.«
Poirot seufzte.
»Dieser Roderick Welman – verliebte er sich in sie, weil sie ein nettes Mädchen war?«
Peter Lord lächelte.
»Ah, ich verstehe, was Sie meinen. Ja, sie war sehr schön.«

»Und Sie selbst? Sie hatten keine Gefühle für sie?«
Peter Lord starrte ihn an.
»Großer Gott, nein.«
Hercule Poirot dachte einen Augenblick nach. »Roderick Welman sagt, Elinor Carlisle und er hätten sich gern gehabt, mehr nicht. Sind Sie auch dieser Ansicht?«
»Wie zum Teufel soll ich das wissen?«
Poirot schüttelte den Kopf.
»Sie sagten mir, als Sie in dieses Zimmer kamen, daß Elinor Carlisle den schlechten Geschmack habe, in einen langnasigen, hochmütigen Esel verliebt zu sein. Das, nehme ich an, ist eine Beschreibung von Roderick Welman. Also glauben Sie doch, daß sie ihn liebt.«
»Und ob sie ihn liebt! Wahnsinnig liebt sie ihn!«
»Also dann gab es ein Motiv . . .«
Peter Lord wandte sich rasch nach ihm um, sein Gesicht zornentbrannt.
»Macht das etwas? Sie könnte es getan haben, ja! Es liegt mir nichts dran!«
»Aha!«
»Aber ich will nicht, daß sie aufgehängt wird, sage ich Ihnen! Und wenn sie zur Verzweiflung getrieben wurde? Die Liebe ist eine verzweifelte und verrückte Sache. Sie kann aus einem Wurm einen Mordskerl machen – und kann einen anständigen, rechtschaffenen Menschen zerstören! Und wenn sie es getan hat! Haben Sie denn kein Mitleid?!«
»Ich billige Mord nicht«, murmelte Poirot.
Peter Lord starrte ihn an, schaute weg, starrte wieder und brach schließlich in Lachen aus.
»So etwas zu sagen – so etwas Braves, Korrektes! Wer verlangt von Ihnen, daß Sie es billigen? Ich verlange nicht, daß Sie lügen! Die Wahrheit ist die Wahrheit! Wenn Sie etwas finden, das zugunsten eines Angeklagten spricht, wären Sie doch nicht geneigt, es zu unterdrükken, weil er schuldig ist, wie?«

»Gewiß nicht.«
»Also, warum zum Teufel können Sie nicht tun, was ich von Ihnen verlange?«
»Mein Freund, ich bin vollkommen bereit, es zu tun . . .«

9

Peter Lord starrte ihn an, nahm ein Taschentuch heraus, wischte sich übers Gesicht und warf sich in einen Sessel.
»Uff!« sagte er. »Sie haben mich ordentlich bearbeitet! Worauf wollten Sie eigentlich hinaus?«
»Ich machte mir ein Bild vom Fall Elinor Carlisle. Jetzt kenne ich ihn. Mary Gerrard wurde Morphium verabreicht, und soviel ich sehen kann, muß sie es mit den belegten Broten bekommen haben. Niemand hat diese Brote berührt außer Elinor Carlisle. Elinor Carlisle hatte ein Motiv, Mary Gerrard zu töten, ist, Ihrer Meinung nach, fähig, Mary Gerrard zu töten, und hat, aller Wahrscheinlichkeit nach, Mary Gerrard getötet. Ich sehe keinen Grund, etwas anderes zu glauben.
Das, mein Freund, ist die eine Seite des Falles. Nun wollen wir die Sache andersherum angehen: Wenn Elinor Carlisle Mary Gerrard nicht tötete, wer hat es getan? Oder hat Mary Gerrard Selbstmord begangen?«
Peter Lord setzte sich auf, die Stirn gerunzelt.
»Sie waren vorhin nicht ganz genau.«
»Ich? Nicht genau?«
Poirot klang beleidigt.
Peter Lord fuhr unbeirrt fort: »Nein. Sie sagten, niemand außer Elinor Carlisle habe diese Brote berührt. Das wissen Sie nicht.«
»Es war niemand sonst im Haus.«

»Soweit wir es wissen! Sie vergessen eine kurze Zeitspanne. Die Zeit, in der Elinor Carlisle das Haus verließ, um ins Pförtnerhaus hinunterzugehen. Während dieser Zeit standen die Brote auf einem Teller im Anrichteraum, und jemand könnte etwas mit ihnen gemacht haben.«

Poirot tat einen tiefen Atemzug.

»Sie haben recht, mein Freund. Ich gebe es zu. Es gab eine Zeit, in der jemand Zutritt zu dem Teller mit den Broten haben konnte; das heißt, was für eine Art Mensch . . .« – Er machte eine Pause. »Betrachten wir einmal diese Mary Gerrard. Jemand, nicht Elinor Carlisle, wünscht ihren Tod. Warum? Hat jemand durch ihren Tod etwas zu gewinnen? Hatte sie Geld zu hinterlassen?«

Peter Lord schüttelte den Kopf.

»Jetzt nicht. In einem Monat hätte sie zweitausend Pfund gehabt. Elinor Carlisle gab ihr diese Summe, weil sie dachte, ihre Tante würde es gewünscht haben. Aber die Erbformalitäten sind noch nicht abgeschlossen.«

»Also können wir das Geldmotiv ad acta legen. Mary Gerrard war schön, sagen Sie. Da gibt es immer Komplikationen. Hatte sie Verehrer?«

»Wahrscheinlich. Ich weiß nicht viel davon.«

»Wer könnte das wissen?«

Peter Lord grinste.

»Da werde ich Sie zu Schwester Hopkins schicken. Die weiß Bescheid über alles, was in Maidensford vorgeht.«

»Ich wollte Sie schon bitten, mir Ihren Eindruck von den beiden Pflegerinnen zu schildern.«

»Nun, die O'Brien ist Irin, gute Pflegerin, tüchtig, ein wenig albern, kann boshaft sein, ein wenig verlogen – erzählt gelegentlich phantastische Sachen, bei denen es ihr nicht so sehr um Täuschung zu tun ist als darum, aus allem eine unterhaltsame Geschichte zu machen.«

Poirot nickte.

»Hopkins ist eine vernünftige, kluge Frau mittleren Alters, ganz freundlich und tüchtig, aber mit zuviel Interesse für die Angelegenheiten anderer Leute!«
»Wenn es etwas mit einem jungen Mann im Dorf gegeben hätte, würde Schwester Hopkins davon wissen?«
»Darauf können Sie wetten!« Er fügte langsam hinzu: »Dennoch glaube ich nicht, daß auf dem Gebiet viel zu holen ist. Mary war noch nicht lange zurück, sie war zwei Jahre in Deutschland gewesen.«
»Sie war einundzwanzig?«
»Ja.«
»Es gibt noch eine andere Möglichkeit«, meinte Hercule Poirot.
»Ja?«
»Jemand stahl an jenem Abend im Juni das Röhrchen mit Morphium aus Schwester Hopkins' Koffer. Nehmen wir an, Mary Gerrard sah den Betreffenden?«
»Sie würde es erwähnt haben.«
»Nein, nein, *mon cher.* Seien Sie vernünftig! Wenn Elinor Carlisle oder Roderick Welman oder die Schwester O'Brien oder sogar einer der Dienstboten den Koffer geöffnet und ein Glasröhrchen herausgenommen hätte, was würde jeder, der es sah, denken? Einfach, daß der Betreffende von der Pflegerin geschickt worden war, um es zu holen. Mary Gerrard würde die Sache für den Moment gleich wieder vergessen, sich jedoch möglicherweise später daran erinnern und es dem Betreffenden gegnüber erwähnen – oh, ganz zufällig, ohne den geringsten Verdacht zu äußern. Aber stellen Sie sich die Wirkung einer solchen Bemerkung auf den Mörder von Mrs. Welman vor! Mary hatte es gesehen, Mary mußte um jeden Preis mundtot gemacht werden! Ich kann Ihnen versichern, mein Freund, daß jemand, der einmal einen Mord begangen hat, es nur zu leicht findet, einen zweiten zu begehen!«
»Ich dachte die ganze Zeit, daß Mrs. Welman das Zeug

selbst genommen habe ...«, sagte Peter Lord mit einem Stirnrunzeln. »Aber sie war gelähmt – hilflos – hatte eben einen zweiten Schlaganfall gehabt.«
»Ich weiß. Meine Idee war, daß sie, nachdem sie sich auf irgendeine Art Morphium verschafft hatte, es irgendwo in ihrer Nähe aufbewahrte.«
»Dann hätte sie sich aber das Morphium vor ihrem zweiten Anfall verschaffen müssen; die Pflegerin vermißte es jedoch erst danach.«
»Hopkins mag das Morphium erst an diesem Morgen vermißt haben, es kann aber schon ein oder zwei Tage vorher entwendet worden sein, ohne daß sie es bemerkt hatte.«
»Wie hätte die alte Dame darankommen können?«
»Ich weiß nicht. Vielleicht ein Dienstmädchen bestochen. In dem Fall würde das Mädchen es nie gestehen.«
»Sie glauben nicht, daß eine der Pflegerinnen bestechlich ist?«
Lord schüttelte den Kopf.
»Niemals! Erstens nehmen es beide sehr streng mit ihrem Berufsethos – und zweitens hätten sie viel zuviel Angst, um so etwas zu tun: Sie würden die Gefahr für sich selbst erkennen.«
»Das ist richtig«, sagte Poirot und fügte nachdenklich hinzu: »Es sieht so aus, als kehrten wir zum Ausgangspunkt zurück, nicht? Wer hat am ehesten das Röhrchen genommen? Elinor Carlisle. Wir können sagen, daß sie sichergehen wollte, ein großes Vermögen zu erben. Wir können aber auch großmütiger sein und sagen, daß sie von Mitleid bewegt das Morphium genommen und ihrer Tante auf wiederholten Wunsch eingeflößt habe; genommen aber hat sie es – und Mary Gerrard sah sie dabei. Also sind wir wieder bei den Broten und dem leeren Haus und Elinor Carlisle – aber diesmal mit einem anderen Motiv: Sie will ihre Haut retten.«
»Das ist phantastisch! Ich sage Ihnen, sie ist nicht so!

Geld bedeutet ihr nicht so viel – übrigens auch Roderick Welman nicht, das muß ich zugeben. Ich habe schon beide das sagen gehört!«

»So? Das ist sehr interessant. Diese Art Verlautbarungen erscheinen mir immer sehr verdächtig.«

»Hol Sie der Teufel, Poirot, müssen Sie immer alles so drehen und wenden, daß es wieder zu dem Mädchen führt?«

»Ich bin es nicht, der die Dinge dreht, sie führen selbst dorthin. Es ist wie der Zeiger in einer Jahrmarktbude, er schwingt herum, und wenn er stehenbleibt, deutet er stets auf denselben Namen: Elinor Carlisle.«

»Nein!«

Hercule Poirot schüttelte traurig den Kopf.

»Hat sie Verwandte, diese Elinor Carlisle? Schwestern? Vettern? Vater und Mutter?«

»Nein, sie ist eine Waise – allein auf der Welt . . .«

»Wie pathetisch das klingt! Bulmer wird das sicherlich großartig ins Spiel bringen! Wer erbt denn ihr Geld, wenn sie stirbt?«

»Ich weiß nicht. Habe nicht darüber nachgedacht.«

Poirot sagte mit leisem Tadel:

»Man sollte immer an diese Dinge denken. Hat sie zum Beispiel ein Testament gemacht?«

Peter Lord wurde rot.

»Ich – ich weiß nicht«, sagte er unsicher.

Poirot blickte zur Decke hinauf und legte seine Fingerspitzen aneinander.

»Es wäre gut, wissen Sie, wenn Sie mir sagen würden . . .«

»Was sagen?«

»An was Sie gerade denken – wie belastend es für Elinor Carlisle auch sein mag.«

»Woher wissen Sie – –«

»Ja, ja, ich weiß. Sie denken an etwas – an irgendeinen Zwischenfall. Es wird gut sein, wenn Sie es mir sagen, sonst stelle ich es mir noch etwas schlimmer vor, als es ist!«

»Es ist eigentlich nichts – –«

»Gut, wir wollen sagen, daß es nichts ist, aber lassen Sie mich hören, was es ist.«
Langsam, ungern, ließ Peter Lord die Geschichte aus sich herausholen – jene Szene, wie Elinor am Fenster von Schwester Hopkins' Häuschen lehnte und lachte, lachte ...
Poirot sagte nachdenklich:
»So, das sagte sie also: ›Sie machen Ihr Testament, Mary? Das ist komisch – das ist sehr komisch.‹ Und Ihnen war ganz klar, was sie dachte ... Sie hatte vielleicht gedacht, daß Mary Gerrard nicht lange leben würde ...«
»Ich habe mir das nur eingebildet. Ich weiß nicht.«
»Nein, Sie haben es sich nicht nur eingebildet ...«

10

Hercule Poirot saß im Häuschen von Schwester Hopkins.
Dr. Lord hatte ihn hingebracht, ihn vorgestellt und dann mit Schwester Hopkins allein gelassen.
Nachdem sie anfangs seine ausländische Erscheinung ein wenig schief angeschaut hatte, taute sie nun rasch auf.
Sie sagte mit einer gewissen Sensationslüsternheit: »Ja, es ist eine schreckliche Sache! Eine der schrecklichsten Sachen, die mir je untergekommen sind. Mary war ein wirklich schönes Mädchen, hätte jederzeit zum Film gehen können! Und ein nettes, braves Mädel dabei und nicht eingebildet, wie sie bei all der Beachtung, die ihr geschenkt wurde, leicht hätte werden können.«
Geschickt schob Poirot die Frage ein:
»Sie meinen die Beachtung, die ihr Mrs. Welman schenkte?«

»Das meine ich, ja. Die alte Dame hatte eine ungeheure Zuneigung zu ihr gefaßt – wirklich, eine große Zuneigung.«

»Überraschend, vielleicht?« murmelte Hercule Poirot.

»Je nachdem. Es könnte auch ganz natürlich gewesen sein. Ich meine . . .«

Schwester Hopkins biß sich auf die Lippen und sah verwirrt aus.

»Was ich meine, ist, Mary hatte eine sehr liebe Art, eine angenehme, sanfte Stimme und gute Manieren. Und meiner Meinung nach tut es einer älteren Person gut, ein junges Gesicht um sich zu haben.«

»Ich vermute, Miss Carlisle kam gelegentlich her, um ihre Tante zu besuchen?«

Schwester Hopkins sagte scharf:

»Miss Carlisle kam her, wann es ihr paßte.«

»Sie mögen Miss Carlisle nicht«, murmelte Poirot.

»Das will ich meinen! Eine Giftmischerin! Eine kaltblütige Giftmischerin!«

»Ah«, sagte Hercule Poirot, »ich sehe, Sie haben sich schon ein Urteil gebildet.«

Schwester Hopkins fragte mißtrauisch:

»Wie meinen Sie das – ein Urteil gebildet?«

»Sie sind ganz sicher, daß sie es war, die Mary Gerrard das Morphium gab?«

»Wer hätte es sonst tun können, möchte ich wissen? Sie wollen doch nicht behaupten, daß ich es war?«

»Nicht einen Augenblick. Aber ihre Schuld ist doch noch nicht bewiesen, vergessen Sie das nicht!«

Schwester Hopkins widersprach mit ruhiger Sicherheit:

»Sie hat es getan. Abgesehen von allem andern, konnte man es in ihrem Gesicht lesen. Sonderbar war sie die ganze Zeit. Und hat mich hinaufgeführt und dort zurückgehalten – solange wie nur möglich! Und als ich, nachdem wir Mary in dem Zustand gefunden hatten, mich zu ihr umwandte, da stand es in ihrem Gesicht so deutlich wie nur irgend etwas. Sie wußte, daß ich es wußte!«

»Es ist jedenfalls schwer zu sagen, wer es sonst getan haben könnte. Außer natürlich, sie hat es selbst getan.«

»Wie meinen Sie das – selbst getan? Meinen Sie, daß Mary Selbstmord beging? So einen Unsinn hab ich noch nie gehört!«

»Man kann nie wissen. Das Herz eines jungen Mädchens ist sehr empfindlich, sehr zart.« Er machte eine Pause. »Es wäre doch möglich gewesen, nicht? Sie hätte doch etwas in ihren Tee tun können, ohne daß Sie es bemerkten?«

»In ihre Tasse, meinen Sie.«

»Ja. Sie haben sie doch nicht die ganze Zeit beobachtet.«

»Ich habe sie nicht beobachtet – nein. Ja, ich vermute, das könnte sie getan haben ... Aber das ist alles Unsinn! Warum hätte sie so etwas tun sollen?«

Hercule Poirot schüttelte den Kopf nachdenklich wie vorhin.

»Das Herz eines jungen Mädchens ... wie ich schon sagte – so empfindlich! Eine unglückliche Liebesgeschichte vielleicht – –«

Schwester Hopkins ließ ein verächtliches Schnauben hören.

»Mädel bringen sich wegen Liebesgeschichten nicht um – außer sie sind in andern Umständen –, und das war Mary nicht, kann ich Ihnen sagen!«

Sie schaute ihn ganz kampfeslustig an.

»Und sie war nicht verliebt?«

»Nein, durchaus nicht. Sie war eifrig bei ihrer Arbeit und freute sich des Lebens.«

»Aber sie muß doch Verehrer gehabt haben, wenn sie ein so anziehendes Mädchen war.«

»Ja, da war Ted Bigland, freilich«, erklärte Schwester Hopkins.

Poirot erkundigte sich genauer nach Ted Bigland.

»Er war sehr verliebt in Mary. Aber, wie ich ihr auch selber sagte, sie war viel zu gut für ihn.«

»Er muß wütend gewesen sein, als sie nichts mit ihm zu tun haben wollte, was?«

»Freilich war er böse, ja«, erklärte Schwester Hopkins. »Er gab noch dazu mir die Schuld daran.«

Poirot fragte sanft:

»Wieso hat Mary Sie eigentlich so sehr interessiert?«

»Ja, ich weiß nicht . . .« Schwester Hopkins zögerte, sie sah aus, als schäme sie sich ein wenig. »Es war etwas – nun – Romantisches um Mary.«

»Um sie vielleicht, aber nicht um ihre Verhältnisse. Sie war doch die Tochter des Pförtners, nicht?«

»Ja, ja – natürlich. Wenigstens – –« Sie zögerte und sah Poirot an, der sie in seiner mitfühlendsten Art anblickte.

»Tatsächlich«, sagte Schwester Hopkins in einem plötzlichen Vertrauensbruch, »war sie gar nicht die Tochter vom alten Gerrard. Er hat es mir gesagt. Ihr Vater war ein Gentleman.«

Poirot murmelte:

»Ah . . . und ihre Mutter?«

Schwester Hopkins zögerte abermals, biß sich auf die Lippen und fuhr dann fort:

»Ihre Mutter war Kammerzofe bei der alten Mrs. Welman. Sie heiratete Gerrard, nachdem Mary bereits geboren war.«

»Also, wie Sie richtig sagen, ein ganzer Roman – ein geheimnisvoller Roman.«

Schwester Hopkins' Gesicht hellte sich auf.

»Nicht wahr? Man kann doch gar nicht anders, als sich für jemanden interessieren, wenn man etwas von ihm weiß, was sonst niemand weiß. Durch reinen Zufall erfuhr ich eine Menge. Eigentlich war es ja Schwester O'Brien, die mich auf die Spur brachte, aber das ist eine andere Geschichte. Jedoch, wie Sie sagen, es ist interessant, die Ver-

gangenheit zu kennen. Von so mancher Tragödie hat niemand eine Ahnung. Es ist eine traurige Welt.«
Poirot seufzte und schüttelte den Kopf.
Schwester Hopkins sagte, nun erschrocken:
»Aber ich hätte es Ihnen nicht erzählen dürfen! Ich möchte um alles in der Welt nicht, daß ein Wort davon herauskommt! Schließlich hat es ja nichts mit dem Fall zu tun. Soweit es die Leute angeht, war Mary Gerrards Tochter, und nichts anderes darf auch nur angedeutet werden. Sie in den Augen der Welt herabzusetzen, nachdem sie tot ist! Er hat ihre Mutter geheiratet und das genügt.«
»Aber Sie wissen vielleicht, wer ihr wirklicher Vater war?«
»Nun, vielleicht weiß ich es, vielleicht auch nicht. Das heißt, wissen tu ich gar nichts, ich könnte es höchstens erraten. Alte Sünden haben lange Schatten, wie man zu sagen pflegt! Aber ich bin keine Klatschbase.«
Poirot wechselte taktvoll das Thema.
»Da ist noch etwas – eine heikle Sache. Aber ich bin überzeugt, ich kann mich auf Ihre Diskretion verlassen.«
Ein geschmeicheltes Lächeln breitete sich auf Schwester Hopkins' unschönen Zügen aus.
»Ich spreche von Mr. Roderick Welman. Wie ich höre, war er von Mary Gerrard gefesselt.«
»Völlig hin und weg!«
»Obwohl er zu jener Zeit mit Miss Carlisle verlobt war?«
»Wenn Sie mich fragen«, sagte Schwester Hopkins, »er war nie so richtig verliebt in Miss Carlisle, nicht, was ich verliebt nenne.«
»Hat Mary Gerrard seine – hm – Bemühungen um sie ermutigt?«
Schwester Hopkins erwiderte scharf:
»Sie hat sich tadellos benommen. Niemand könnte behaupten, sie habe ihn ermutigt!«
»War sie in ihn verliebt?«
»Nein, das war sie nicht«, erklärte Schwester Hopkins entschieden.

»Aber sie hat ihn gut leiden können?«
»O ja, sie hat ihn ganz gut leiden können.«
»Ich vermute, mit der Zeit hätte etwas daraus werden können?«
Schwester Hopkins gab das zu.
»Möglich. Aber Mary hätte nichts Übereiltes getan. Sie sagte ihm hier, er dürfe nicht so mit ihr reden, wenn er mit Miss Elinor verlobt sei. Und als er sie in London besuchte, sagte sie dasselbe.«
»Wie denken Sie selbst denn über Mr. Roderick Welman?«
»Er ist ein ganz netter junger Mensch. Aber etwas nervös. Sieht aus, als könnte er später einmal magenleidend werden; diese nervösen Typen werden das oft.«
»Hat er seine Tante gern gehabt?«
»Ich glaube schon.«
»Hat er viel bei ihr gesessen, als sie so krank war?«
»Sie meinen, nachdem sie den zweiten Schlaganfall hatte? In der Nacht, bevor sie starb? Ich glaube nicht, daß er überhaupt in ihrem Zimmer war!«
»Wirklich?«
»Sie hat nicht nach ihm verlangt. Und wir hatten natürlich keine Ahnung, daß das Ende so nahe sein würde. Es gibt eine Menge solcher Männer, wissen Sie: weichen einem Krankenzimmer aus. Sie können nichts dafür. Und es ist auch nicht Herzlosigkeit. Sie wollen nur nicht erschüttert werden.«
Poirot nickte verständnisvoll.
»Sind Sie sicher, daß Mr. Welman nicht ins Zimmer seiner Tante ging, bevor sie starb?«
»Nun, nicht, solange ich Dienst hatte! Schwester O'Brien löste mich um drei Uhr früh ab, und sie könnte ihn geholt haben als es zu Ende ging, gesagt hat sie mir allerdings nichts davon.«
»Er kann nicht in ihr Zimmer gegangen sein, während Sie abwesend waren?«

Schwester Hopkins fuhr ihn an:
»Ich lasse meine Patienten nicht allein, Monsieur Poirot.«
»Bitte tausendmal um Entschuldigung; das habe ich nicht gemeint. Ich dachte, vielleicht hätten Sie kochendes Wasser gebraucht oder hinunterlaufen müssen um irgendein Mittel zu holen.«
Besänftigend sagte Schwester Hopkins:
»Ich ging wohl einmal hinunter, um die Wärmeflasche frisch füllen zu lassen. Ich wußte, daß heißes Wasser in der Küche war.«
»Wie lange etwa waren Sie weg?«
»Vielleicht fünf Minuten.«
»Ach ja, da kann Mr. Welman zu ihr hineingeschaut haben?«
»Da müßte er sich sehr beeilt haben.«
Poirot seufzte.
»Wie Sie schon feststellten, weichen viele Männer der Krankheit aus! Die Frauen sind unsere hilfreichen Engel! Was würden wir tun ohne sie? Besonders ohne Frauen Ihres Berufs – ein wahrhaft edler Beruf!«
Schwester Hopkins errötete ein wenig.
»Es ist sehr freundlich von Ihnen, das zu sagen. Ich selbst habe nie in dieser Weise gedacht. Zuviel schwere Arbeit beim Pflegen, um an die edle Seite des Berufs zu denken!«
»Und es gibt sonst nichts, das Sie mir über Mary Gerrard sagen können?« fragte Poirot.
Eine merkliche Pause trat ein, ehe Schwester Hopkins antwortete:
»Ich weiß von nichts.«
»Sind Sie ganz sicher?«
Schwester Hopkins sagte etwas unzusammenhängend:
»Sie verstehen nicht. Ich hatte Mary gern.«
»Und es gibt nichts, was Sie mir noch erzählen könnten?«
»Nein, nichts! Absolut nichts.«

11

In der majestätischen Gegenwart der schwarzgekleideten Mrs. Bishop saß Hercule Poirot mit geziemender Demut.
Das Auftauen von Mrs. Bishop war keine leichte Sache. Denn Mrs. Bishop, eine Frau von konservativen Sitten und Ansichten, mißbilligte Ausländer in höchstem Maße. Und ein Ausländer war Hercule Poirot zweifellos. Ihre Antworten waren frostig, und sie betrachtete ihn mit Abneigung und Mißtrauen.
Auch Dr. Lords Vorstellung hatte wenig dazu beitragen können, die Situation zu entspannen.
Hercule Poirot ließ seinen ganzen Charme und seine ganze Klugheit spielen, aber Mrs. Bishop blieb reserviert.
Der Tod von Mrs. Welman war sehr traurig gewesen. Sie war hochgeachtet in der ganzen Umgebung. Die Verhaftung von Miss Carlisle war »ein Skandal« und wahrscheinlich das Resultat von »diesen neumodischen Polizeimethoden«. Die Ansichten von Mrs. Bishop über den Tod von Mary Gerrard waren höchst unklar. »Das kann ich wirklich nicht sagen«, mehr war dazu nicht aus ihr herauszubringen.
Da spielte Hercule Poirot seine letzte Karte aus. Er erzählte mit naivem Stolz von seinem kürzlichen Besuch in Sandringham. Er sprach mit Bewunderung von der Gnade und herzerwärmenden Schlichtheit und Güte der königlichen Herrschaften.
Mrs. Bishop, die täglich anhand der Hofnachrichten das genaue Tun und Lassen des Hofes verfolgte, war überwältigt.... So sah die Sache freilich ganz anders aus! Ausländer oder nicht, wer war sie, Emma Bishop, daß sie Vorbehalte hegen wollte, wo der Hof vorangegangen war?
Bald waren sie und Monsieur Poirot in angenehmer Unterhaltung über ein wirklich interessantes Thema begriffen – es ging um nichts Geringeres als die Wahl eines passenden Gatten für Prinzessin Elisabeth!

Nachdem alle möglichen Heiratskandidaten als nicht gut genug abgehakt waren, bemerkte Poirot tiefsinnig:
»Die Ehe ist – ach! – voller Gefahren und Fallstricke!«
»Jawohl – und dann diese Scheidungen heute«, entgegnete Mrs. Bishop, als spreche sie von einer ansteckenden Krankheit.
»Ich vermute, daß Mrs. Welman vor ihren Tode sehr gewünscht haben muß, ihre Nichte passend vermählt zu sehen?«
Mrs. Bishop neigte ihr Haupt.
»Ja gewiß. Die Verlobung von Miss Elinor mit Mr. Roderick war ihr eine große Beruhigung. Sie hatte immer darauf gehofft.«
»Die Verlobung kam vielleicht teilweise aus dem Wunsch, sie zu erfreuen, zustande?«
»O nein, das möchte ich nicht behaupten, Monsieur Poirot. Miss Elinor hat immer sehr an Mr. Roddy gehangen – schon als kleines Ding –, es war reizend mit anzusehen! Miss Elinor ist eine sehr treue und zärtliche Natur!«
»Und er?« murmelte Poirot.
Mrs. Bishop sagte streng:
»Mr. Roderick hing an Miss Elinor.«
»Die Verlobung wurde jedoch, glaube ich, gelöst?«
Das Blut stieg Mrs. Bishop in die Wangen.
»Dank den Ränken einer Schlange, Monsieur Poirot!«
»Wirklich?«
Mrs. Bishop erklärte mit noch röterem Gesicht:
»Man soll ja über Tote nichts Schlechtes sagen. Aber diese junge Person, Monsieur Poirot, war heimtückisch in ihrem Vorgehen.«
Poirot sah sie einen Augenblick nachdenklich an. Dann meinte er scheinbar harmlos:
»Sie setzen mich in Erstaunen. Ich hatte den Eindruck gewonnen, daß sie ein sehr einfaches und bescheidenes Mädchen gewesen sei.«
Das Kinn von Mrs. Bishop zitterte ein wenig vor Erregung.

»Sie war schlau, Monsieur Poirot. Die Leute sind darauf hereingefallen! Die Schwester Hopkins, zum Beispiel! Ja, und meine arme, liebe Mrs. Welman ebenfalls!«

Poirot schüttelte teilnahmsvoll den Kopf und schmatzte bedauernd mit der Zunge.

»In der Tat«, bekräftigte Mrs. Bishop, angefeuert von diesem ermutigenden Geräusch. »Es ging ihr schlecht, der lieben, armen Mrs. Welman, und diese junge Person schlich sich in ihr Vertrauen. Sie wußte, wie man so sagt, auf welcher Seite ihr Brot gebuttert war! Immer da, ihr vorzulesen, brachte ihr kleine Blumensträußchen. Es hieß ›Mary dies‹ und ›Mary das‹ die ganze Zeit! Und das Geld, das sie für das Mädel ausgegeben hat! Teure Schulen und Ausbildung im Ausland dazu – alles für die Tochter vom alten Gerrard! Ihm hat das nicht gefallen, kann ich Ihnen sagen! Er hat sich oft über ihre Feine-Damen-Manieren beklagt.«

Diesmal schüttelte Poirot den Kopf und sagte voller Mitgefühl:

»Du lieber Gott!«

»Und dann – dieses Sich-Heranmachen an Mr. Roddy! Er war viel zu harmlos, um sie zu durchschauen. Und Miss Elinor, die nun mal eine wirkliche Dame ist, begriff natürlich nicht, was da vor sich ging. Aber die Männer sind alle gleich: schnell eingefangen mit Schmeichelei und einer hübschen Larve!«

Poirot seufzte.

»Sie hatte doch vermutlich noch andere Verehrer?« fragte er.

»Natürlich! Da war der Sohn von Rufus Bigland, der junge Ted – ein wirklich netter Bursche. Aber der war ihr natürlich nicht gut genug.«

»War er nicht böse deshalb?«

»Na und ob! Er beschuldigte sie, mit Mr. Roddy etwas zu haben, das weiß ich genau. Ich kann es dem Jungen nicht verargen, daß er so verletzt war!«

»Ich auch nicht«, erklärte Poirot. »Aber ich bin Ihnen außerordentlich dankbar, Mrs. Bishop. Manche Leute haben es weg, einen Charakter mit ein paar Worten klar und deutlich darzustellen. Das ist ein großes Talent. Ich habe nun endlich ein klares Bild von Mary Gerrard.«
»Aber bitte«, meinte Mrs. Bishop, »ich sage kein Wort gegen das Mädchen! Das würde ich nie tun – wo sie doch nun im Grab liegt.
Aber es ist zweifellos so, daß sie viel Verdruß verursachte!«
Poirot murmelte:
»Wo hätte das alles wohl noch geendet, fragt man sich?«
»Genau«, nickte Mrs. Bishop. »Sie können mir glauben, Monsieur Poirot, wenn meine liebe Herrin nicht gestorben wäre – und so hart auch der Schlag für uns war –, ich weiß nicht, was das noch für ein Ende genommen hätte!«
»Sie meinen?« Poirots Stimme klang einladend.
»Sie meinen wohl, daß Mrs. Welman ihr ganzes Geld vielleicht Mary Gerrard hinterlassen hätte?«
»Es hätte mich nicht überrascht!« kam prompt die Antwort. »Darauf arbeitete die junge Person zweifellos hin. Und wenn ich ein Wort zu sagen wagte, biß mir Mrs. Welman beinahe den Kopf ab, obwohl ich fast zwanzig Jahre bei ihr war. Es ist eine undankbare Welt, Monsieur Poirot. Man versucht seine Pflicht zu tun – und wie wird es einem gedankt?!«
»Ach«, seufzte Poirot, »wie wahr das ist!«
»Aber Schlechtigkeit triumphiert nicht immer«, sagte Mrs. Bishop.
»Richtig, Mary Gerrard ist tot ... Die Umstände ihres Todes scheinen ganz unerklärlich.«
»Diese Polizei und ihre neuartigen Ideen!« schnaubte Mrs. Bishop. »Ist es wahrscheinlich, daß eine wohlerzo-

gene junge Dame aus guter Familie wie Miss Elinor herumgehen würde und Leute vergiften? Und mich wollten sie auch hineinziehen, behaupten, ich hätte gesagt, ihr Wesen sei eigentümlich gewesen!«
»Aber war es nicht eigentümlich?«
»Und warum sollte es nicht eigentümlich sein?« Mrs. Bishops Busen hob sich erregt. »Miss Elinor ist eine junge empfindsame Dame, sie war im Begriff, die Sachen ihrer Tante zu ordnen – und so etwas ist immer eine traurige Sache.«
Poirot nickte verständnisvoll.
»Es hätte es ihr sehr erleichtert, wenn Sie sie begleitet hätten.«
»Das wollte ich ja, Monsieur Poirot, aber sie lehnte ganz heftig ab. Ach, Miss Elinor war immer eine sehr stolze und zurückhaltende junge Dame. Heute wünschte ich, daß ich doch mit ihr gegangen wäre.«
»Sie dachten nicht daran, ihr ins Haus zu folgen?«
Mrs. Bishop hob würdevoll ihren Kopf.
»Ich gehe nicht dorthin, wo man mich nicht haben will, Monsieur Poirot.«
Poirot sah beschämt drein.
»Außerdem hatten Sie zweifellos an diesem Morgen wichtige Dinge zu tun?«
»Es war ein sehr warmer Tag, ich erinnere mich, sehr schwül.«
Sie seufzte. »Ich ging auf den Friedhof, um ein paar Blumen als Zeichen meiner Verehrung auf Mrs. Welmans Grab zu legen, und mußte mich dort lange ausruhen. Die Hitze hat mich ganz überwältigt, ich kam zu spät zum Essen nach Hause, und meine Schwester war ganz bestürzt, als sie sah, wie aufgelöst ich war!«
Poirot blickte sie bewundernd an.
»Ich beneide Sie, Mrs. Bishop. Es ist in der Tat angenehm, wenn man sich nach einem Todesfall nichts vorzuwerfen hat. Mr. Roderick Welman, denke ich mir, muß sich doch

Vorwürfe machen, daß er an jenem Abend nicht zu seiner Tante hineingegangen ist, obwohl er natürlich nicht wissen konnte, daß sie so bald dahingehen würde.«

»Ah, da sind Sie aber im Irrtum, Monsieur Poirot, das kann ich Ihnen mit Bestimmtheit sagen. Mr. Roddy ging ja in das Zimmer seiner Tante! Ich war gerade draußen auf dem Treppenabsatz. Ich hatte die Pflegerin hinuntergehen gehört und wollte mich vergewissern, ob Mrs. Welman nicht etwas brauchte – Sie wissen ja, wie Pflegerinnen sind: bleiben immer lange unten, um mit den Mädchen zu schwätzen, oder hetzen sie herum, indem sie ständig etwas verlangen. Nicht daß Schwester Hopkins so schlimm war wie die andere, die rothaarige, die immer schwätzte und Verdruß machte! Aber wie gesagt, ich dachte, ich sollte mal nachsehen, ob alles in Ordnung sei, und da sah ich Mr. Roddy in das Zimmer seiner Tante schlüpfen. Ich weiß nicht, ob sie ihn erkannte oder nicht, aber jedenfalls hat er sich nichts vorzuwerfen.«

»Das freut mich. Er ist ziemlich nervös, nicht wahr?«

»Ein bißchen grillig. War er immer.«

»Mrs. Bishop, Sie sind offenbar eine Frau mit großer Menschenkenntnis. Ich habe mir eine hohe Meinung von Ihrem Urteil gebildet. Was ist Ihrer Meinung nach die Wahrheit über Mary Gerrards Tod?«

Mrs. Bishop schnob verächtlich.

»Das ist doch klar, denke ich! Eine von diesen schlechten Pasten von Abbott. Hat sie monatelang in seinen Fächern stehen! Meine Cousine wurde einmal krank von Krabbenkonserven und ist beinahe daran gestorben!«

»Was bedeutete dann aber das Morphium, das in der Leiche gefunden wurde?« wendete Poirot ein.

Mrs. Bishop sagte großartig:

»Ich weiß nichts von Morphium! Ich weiß nur, wie Ärzte sind: Sagt ihnen, sie sollen etwas suchen, und sie werden es finden! Verdorbene Fischpaste ist natürlich nicht interessant genug für sie!«

»Sie halten es nicht für möglich, daß sie Selbstmord beging?«
»Die?« schnob Mrs. Bishop. »Nein, gewiß nicht! Hatte sie sich nicht vorgenommen, Mr. Roddy zu heiraten? Der wäre nie im Leben ein Selbstmord eingefallen!«

12

Da es Sonntag war, traf Hercule Poirot Ted Bigland auf der Farm seines Vaters.
Es war nicht schwierig, Ted zum Reden zu bringen, er schien sogar die Gelegenheit zu begrüßen – als gewähre eine Aussprache ihm Erleichterung.
»Sie versuchen herauszubekommen, wer Mary getötet hat? Das ist wirklich ein Rätsel.«
»Sie glauben also nicht, daß Miss Carlisle sie getötet hat?«
Ted Bigland runzelte die Stirn – es war ein verwirrtes, beinahe kindliches Stirnrunzeln.
»Miss Elinor ist eine Dame. Sie ist nicht so veranlagt – nun, man kann sich einfach nicht vorstellen, daß sie so etwas tut – etwas Gewaltsames. Sie verstehen, wie ich das meine? Schließlich ist es doch nicht wahrscheinlich, daß eine junge Dame hingeht und Derartiges tut.«
Poirot nickte nachdenklich.
»Nein, es ist nicht wahrscheinlich ... Aber wenn die Eifersucht mitspielt –«
Er hielt inne und beobachtete den hübschen, blonden jungen Riesen vor sich.
»Eifersucht? Ich weiß, die hat schon viel Unheil angerichtet. Aber gewöhnlich ist da dann auch der Alkohol im Spiel, und wenn sich einer so in eine Sache hineinsteigert, bis er rot sieht und Amok läuft. Miss Elinor – eine feine, ruhige, junge Dame wie sie – –«
»Aber Mary Gerrard ist gestorben ... und zwar nicht

eines natürlichen Todes. Haben Sie eine Idee – gibt es irgend etwas, das Sie mir sagen könnten, um mir zu helfen, den Mörder zu finden?«
Langsam schüttelte der andere den Kopf.
»Es kommt mir ganz unwahrscheinlich vor, daß jemand Mary getötet haben könnte, verstehen Sie? Sie war – sie war wie eine Blume.«
Und plötzlich, eine Minute lang, hatte Hercule Poirot einen neuen Begriff von dem toten Mädchen . . . In jener zögernden, einfachen Stimme lebte und blühte Mary wieder auf. »Sie war wie eine Blume . . .« Die Stimme vermittelte ein schneidendes Gefühl des Verlustes von etwas Köstlichem, das zerstört wurde . . .
In seinem Kopf folgte eine Charakterisierung der andern. Peter Lords »Sie war ein nettes Mädchen«. Schwester Hopkins' »Sie hätte zum Film gehen können«. Mrs. Bishops giftiges »Sie war schlau . . . heimtückisch«. Und nun, alle anderen Ansichten beschämend und zur Seite schiebend, jenes ruhige, verwunderte »Sie war wie eine Blume«.
»Ja, aber . . .«, wagte Poirot fragend einzuwenden.
Ted Bigland nickte mit dem Kopf. Seine Augen hatten noch den stummen, betrübten Blick eines Tieres, das Schmerzen leidet.
»Ich weiß, Sir. Ich weiß, was Sie sagen, ist wahr. Sie starb keines natürlichen Todes. Und ich habe mir den Kopf zerbrochen . . .«
Er hielt inne und fuhr dann langsam fort:
»Ich habe mir den Kopf zerbrochen, ob es nicht auf irgendeine Weise ein Zufall gewesen sein könnte?«
»Ein Zufall? Aber was für ein Zufall?«
»Ich weiß, Sir. Ich weiß. Es klingt unvernünftig. Aber ich grüble und grüble, und ich glaube, so muß es gewesen sein. Etwas, das nicht passieren sollte, oder etwas, das durch einen Irrtum passierte – eben, nun eben ein Unglücksfall!«

Er sah Poirot flehend an, verlegen über seinen Mangel an Beredsamkeit.
Poirot schwieg eine Weile, er schien zu überlegen. Endlich sagte er:
»Es ist interessant, daß Sie das glauben.«
»Ich kann mir wohl denken, daß Sie das nicht begreifen können, Sir. Es ist ja auch nur so ein Gefühl, das ich habe.«
»Gefühl ist manchmal ein wichtiger Fingerzeig . . . Sie werden mir hoffentlich verzeihen, wenn ich Schmerzliches berühre, aber – Sie hatten Mary Gerrard sehr gern, nicht wahr?«
In das gebräunte Gesicht stieg eine leichte Röte.
Ted sagte einfach: »Jeder Mensch hier weiß das, nehme ich an.«
»Sie wollten sie heiraten?«
»Ja.«
»Aber sie – wollte nicht?«
Teds Gesicht verdüsterte sich ein wenig. In seiner Stimme klang etwas wie unterdrückter Zorn:
»Die Leute meinen's gut, aber sie sollten nicht das Leben anderer in Verwirrung bringen, indem sie sich einmischen! All diese Schulen und Auslandsreisen! Das hat Mary verändert. Ich sage nicht, es hat sie verdorben oder sie eingebildet gemacht – das war sie nicht. Aber es . . . ach, es verwirrte sie! Sie wußte nicht mehr recht, wo sie hingehörte. Sie war zu gut für mich; trotzdem war sie nicht gut genug für einen wirklichen Gentleman wie Mr. Welman.«
»Sie mögen Mr. Welman nicht?«
»Warum zum Teufel sollte ich ihn mögen?« rief Ted heftig.
»Ich habe nichts *gegen* ihn. Als Mann ist er nur eine halbe Portion. Ich könnte ihn hochheben und entzweibrechen. Er hat wohl Verstand, vermute ich . . .«
Poirot wechselte das Thema.

»Sie arbeiten in einer Garage?«
Ted Bigland nickte.
»Bei Henderson unten an der Straße.«
»Sie waren an dem Tag, als – das geschah, dort?«
»Ja, ich probierte einen Wagen aus und fuhr ein wenig damit herum. Es ist eigenartig, daran zurückzudenken. Es war ein wundervoller Tag, in den Hecken war noch Geißblatt ... Mary liebte Geißblatt, wir pflückten es oft miteinander, bevor sie nach Deutschland ging ...«
Wieder lag diese kindliche Verwunderung auf seinem Gesicht.
Hercule Poirot schwieg.
Der andere fuhr aus seinen Träumen auf.
»Entschuldigen Sie, Sir, vergessen Sie, was ich über Mr. Welman sagte. Ich war gereizt – weil er hinter Mary her war. Er hätte sie in Frieden lassen sollen. Sie paßte im Grunde doch nicht zu ihm –«
»Glauben Sie, daß sie ihn gern hatte?«
Wieder runzelte Ted Bigland die Stirn.
»Ich glaube es eigentlich nicht. Aber möglich ist es schon. Ich kann es nicht sagen.«
»Gab es einen anderen Mann in Marys Leben? Jemanden zum Beispiel, den sie im Ausland kennengelernt hatte?«
»Das könnte ich nicht sagen, Sir. Sie hat nie jemanden erwähnt.«
»Hatte sie Feinde – hier in Maidensford?«
Er schüttelte den Kopf.
»Niemand kannte sie sehr gut, aber alle hatten sie gern.«
»Konnte Mrs. Bishop, die Haushälterin in Hunterbury, sie gut leiden?«
Ted grinste plötzlich.
»Ach, das war nur eine Art Eifersucht! Der Alten gefiel es nicht, daß Mrs. Welman so eine Vorliebe für Mary gefaßt hatte.«
»War Mary Gerrard glücklich, wenn sie hier war? Hatte sie die alte Mrs. Welman gern?«

»Sie wäre ganz zufrieden gewesen, wenn die Schwester sie in Ruhe gelassen hätte. Schwester Hopkins, meine ich, redete ihr ein, sie müsse ihr Brot verdienen und solle sich als Krankengymnastin ausbilden lassen.«
»Sie hatte Mary aber gern, nicht?«
»O ja, sie hatte sie ganz gern; aber sie gehört zu den Leuten, die immer wissen, was für jeden das Beste ist!«
»Angenommen, Schwester Hopkins wüßte etwas – etwas, sagen wir, das ein schlechtes Licht auf Mary werfen würde –, glauben Sie, sie würde es bei sich behalten?«
Ted Bigland sah ihn neugierig an.
»Ich verstehe nicht ganz, was Sie meinen, Sir.«
»Glauben Sie, daß Schwester Hopkins, wenn sie etwas gegen Mary Gerrard in der Hand hätte, den Mund halten würde?«
»Ich bezweifle, daß das Frauenzimmer überhaupt den Mund halten kann! Sie ist die ärgste Klatschbase im Dorf. Aber wenn sie über irgend jemanden den Mund halten könnte, so wäre das wahrscheinlich Mary.« Da seine Neugierde ihn überwältigte, fügte er hinzu: »Aber warum fragen Sie das?«
»Wenn man mit Leuten redet, merkt man immer allerhand. Schwester Hopkins sprach, allem Anschein nach, vollkommen freimütig und offen, aber ich hatte den Eindruck – den sehr starken Eindruck –, daß sie mit etwas hinterm Berg hielt. Es muß nicht unbedingt etwas Wichtiges sein, mag gar keinen Bezug zum Verbrechen haben. Aber es gibt etwas, was sie weiß und nicht gesagt hat. Ich habe auch den Eindruck, daß dieses Etwas – was immer es sein mag – etwas entschieden Negatives im Hinblick auf Mary Gerrard ist . . .«
Ted schüttelte hilflos den Kopf, und Hercule Poirot seufzte.
»Je nun, ich werde mit der Zeit erfahren, was es ist.«

13

Poirot sah mit Interesse in das lange, nervöse Gesicht Roderick Welmans.
Roddys Nerven waren in einem kläglichen Zustand. Seine Hände zitterten, seine Augen waren blutunterlaufen, seine Stimme klang heiser und gereizt.
Er sagte mit einem Blick auf die Visitenkarte:
»Natürlich ist mir Ihr Name bekannt, Monsieur Poirot. Aber ich sehe nicht recht ein, wieso Dr. Lord glaubt, daß Sie in der Sache etwas tun können! Und was geht es ihn überhaupt an? Er hat meine Tante behandelt, aber sonst ist er uns vollkommen fremd. Elinor und ich kannten ihn nicht einmal, bevor wir im Juni nach Hunterbury fuhren. Es ist doch sicherlich Seddons Sache, sich mit all diesen Dingen zu befassen?«
»Theoretisch ist das richtig«, gab Hercule Poirot zu.
Roddy fuhr unglücklich fort:
»Nicht daß Seddon mir viel Vertrauen einflößt, er ist so verdammt umständlich.«
»Das haben Rechtsanwälte so an sich.«
»Aber«, sagte Roddy, etwas zuversichtlicher, »wir haben Bulmer engagiert. Er soll so ziemlich der Beste in seinem Fach sein, nicht?«
»Er hat den Ruf, aussichtslose Fälle zu übernehmen.«
Roddy zuckte sichtlich zusammen, und Poirot sagte:
»Es ist Ihnen doch hoffentlich nicht unangenehm, daß ich versuche, Miss Elinor Carlisle beizustehen?«
»Nein, nein, natürlich nicht. Aber – –«
»Aber was kann ich tun? Das ist es, was Sie sagen wollen?«
Ein flüchtiges Lächeln blitzte in Roddys bekümmertem Gesicht auf – ein so bezauberndes Lächeln, daß Poirot plötzlich die undefinierbare Anziehungskraft dieses Mannes begriff.
»Es klingt ein wenig unhöflich, wenn man es so sagt.

Aber natürlich ist das der springende Punkt. Also, was können Sie tun, Monsieur Poirot?«
»Ich kann nach der Wahrheit suchen.«
»Ja.«
Es klang ein wenig zweifelnd.
»Ich könnte Tatsachen entdecken, die der Angeklagten helfen würden.«
Roddy seufzte.
»Wenn Sie das nur könnten!«
»Es ist mein ernster Wunsch, jemandem zu helfen. Wollen Sie mich unterstützen, indem Sie mir genau sagen, was Sie von der ganzen Sache halten?«
Roddy stand auf und ging ratlos auf und ab.
»Was soll ich sagen? Die ganze Sache ist so unsinnig – so phantastisch! Die bloße Idee, daß Elinor – Elinor, die ich von Kindheit an kenne – tatsächlich so etwas Melodramatisches tun könnte, jemanden zu vergiften! Das ist einfach ganz lächerlich! Aber wie soll man das einem Gericht begreiflich machen?«
»Sie betrachten es also als ganz unmöglich, daß Miss Carlisle so etwas getan haben könnte?«
»Ganz unmöglich! Das ist doch selbstverständlich! Elinor ist ein wunderbares Geschöpf, ruhig und ausgeglichen. Sie ist intelligent, sensibel und ohne alle dunklen Leidenschaften. Aber setzen Sie zwölf Dummköpfe auf eine Geschworenenbank, und Gott weiß, was man die alles glauben machen kann! Lassen Sie uns schließlich vernünftig sein: Sie sind nicht da, um einen Charakter zu beurteilen, sie sind da, um Zeugenaussagen zu prüfen. Tatsachen – Tatsachen – Tatsachen! Und die Tatsachen sind belastend!«
Hercule Poirot nickte nachdenklich.
»Sie sind ein Mann von Vernunft und Einsicht, Mr. Welman. Die Tatsachen verurteilen Miss Carlisle. Ihre Kenntnis ihres Charakters spricht sie frei. Was also ist wirklich geschehen? Was *kann* geschehen sein?«

Roddy breitete verzweifelt seine Hände aus.
»Das ist es ja eben! Ich nehme an, die Schwester könnte es wohl nicht getan haben?«
»Sie kam den Broten gar nicht nahe – oh, ich habe mich sehr genau erkundigt –, und den Tee hätte sie nicht vergiften können, ohne sich selbst auch zu vergiften, dessen habe ich mich vergewissert. Außerdem, warum sollte sie Mary Gerrard umbringen wollen?«
»Warum sollte irgend jemand Mary Gerrard umbringen wollen?« rief Roddy aus.
»Das«, nickte Poirot, »scheint in diesem Fall die Frage zu sein, auf die es keine Antwort gibt. Niemand wollte Mary Gerrard töten.« (Bei sich fügte er hinzu: »Außer Elinor Carlisle.«) »Also würde logischerweise der nächste Schluß sein müssen: Mary Gerrard wurde nicht getötet! Aber dem ist leider nicht so, sie wurde getötet!« Nach einer pietätvollen Pause kam Poirot nun zu dem heiklen Punkt der Angelegenheit.
»Es ist ziemlich bekannt, Mr. Welman, daß Sie – Mary Gerrard bewunderten. Das ist, denke ich, richtig?«
Roddy stand auf und ging zum Fenster; er spielte mit der Gardinenquaste.
»Ja.«
»Sie haben sich in sie verliebt?«
»Ich vermute es.«
»Ah, und jetzt sind Sie todunglücklich – –«
»Ich – ich vermute – ich meine – nun wirklich, Monsieur Poirot – –«
Er wandte sich um – ein nervöses, gereiztes, empfindliches Geschöpf.
Hercule Poirot murmelte: »Wenn Sie mir nur sagen könnten – mir nur klarmachen könnten – dann wäre es erledigt.«
Roddy Welman setzte sich. Er sah den andern nicht an. Er sprach abgehackt.
»Es ist sehr schwer zu erklären. Müssen wir darauf eingehen?«

»Man kann sich nicht immer abwenden und an den Unannehmlichkeiten des Lebens vorübergehen, Mr. Welman! Sie sagen, Sie vermuten, daß Sie sich in das Mädchen verliebt haben – sind Sie dessen denn nicht sicher?«
»Ich weiß es nicht ... Sie war so schön. Wie ein Traum ... So scheint es mir jetzt. Ein Traum! Nicht wirklich! All das – wie ich sie zum erstenmal sah – meine – nun, meine Betörung! Eine Art Wahnsinn! Und nun ist alles aus ... fort ... als wäre – als wäre es nie geschehen.«
Poirot nickte.
»Ja, ich verstehe ... Sie selbst waren nicht in England zur Zeit ihres Todes?«
»Nein, ich ging am 9. Juli ins Ausland und kehrte am 1. August zurück. Elinors Depesche folgte mir von Ort zu Ort. Ich eilte nach Hause, sobald ich die Nachricht hatte.«
»Es muß ein furchtbarer Schlag gewesen sein für Sie. Sie hatten das Mädchen doch sehr geliebt.«
Als keine Antwort kam, fuhr Poirot fort: »Was wußten Sie wirklich von Mary Gerrard, Mr. Welman?«
»Was ich wußte? Wenig, zu wenig, das sehe ich jetzt. Sie war lieb, denke ich, und sanft; aber eigentlich weiß ich nichts – gar nichts ... Deshalb, vermute ich, vermisse ich sie auch nicht ...«
Sein Widerstand und Groll waren nun verschwunden, er sprach ganz natürlich. Hercule Poirot hatte wieder einmal die Verteidigungsbarrieren überwunden. Roddy schien durch die Aussprache sogar eine gewisse Erleichterung zu verspüren.
»Lieb – sanft – nicht sehr gescheit. Sensibel, denke ich, und gütig.«
»War sie ein Mädchen, das sich unbewußt Feinde gemacht haben könnte?«
Roddy schüttelte energisch den Kopf.
»Nein, nein, ich kann mir nicht vorstellen, daß jemand sie nicht mochte – wirklich nicht mochte, meine ich. Groll ist etwas anderes.«

»Groll? Groll war also vorhanden, meinen Sie?« fragte Poirot schnell.
»Muß dagewesen sein – um den Brief zu erklären«, sagte Roddy zerstreut.
Poirots Stimme klang scharf:
»Was für einen Brief?«
»Oh, nichts von Bedeutung.«
Doch Poirot wiederholte:
»Was für ein Brief?«
»Ein anonymer Brief.«
»Wann ist er gekommen? An wen war er gerichtet?«
Etwas widerwillig erklärte Roddy die Sache, und Hercule Poirot murmelte:
»Das ist interessant! Kann ich den Brief sehen?«
»Leider nicht, ich habe ihn verbrannt.«
»Ja, warum haben Sie das getan, Mr. Welman?«
»Es erschien mir damals selbstverständlich«, erklärte Roddy steif.
»Und auf diesen Brief hin fuhren Sie und Miss Carlisle eiligst nach Hunterbury?«
»Wir fuhren hin, ja. Aber ›eiligst‹ – das weiß ich nicht!«
»Aber etwas beunruhigt waren Sie schon, nicht? Vielleicht sogar ein wenig aufgeregt?«
Roddy wurde noch steifer.
»Das würde ich nicht gerade sagen.«
»Aber das war doch nur natürlich!« rief Poirot. »Ihre Erbschaft war in Gefahr! Da ist es sicher nur natürlich, daß Sie etwas unruhig waren! Geld ist immer wichtig!«
»Nicht so wichtig, wie Sie denken.«
»Ihr Desinteresse ist wirklich bemerkenswert!« meinte Poirot freundlich.
Roddy errötete.
»Nun, natürlich lag uns etwas an dem Geld. Aber der Hauptzweck unserer Reise war doch, die Tante zu sehen und uns ein Bild von ihrem Gesundheitszustand zu machen.«

»Sie fuhren mit Miss Carlisle hin. Zu jener Zeit hatte Ihre Tante noch immer kein Testament gemacht. Kurz danach erleidet sie einen zweiten Schlaganfall. Da wünscht sie, ein Testament zu machen. Sie stirbt aber, vielleicht zum Vorteil von Miss Carlisle, noch in derselben Nacht, bevor das Testament gemacht werden kann.«

»Hören Sie mal, was deuten Sie da an?«

Roddys Gesicht war zornesrot.

Poirot antwortete ihm blitzschnell:

»Sie haben mir, den Tod von Mary Gerrard betreffend, gesagt, daß das Motiv, das Elinor Carlisle untergeschoben wird, absolut unsinnig ist – daß sie so etwas nicht täte. Aber es gibt noch eine andere Auslegung. Elinor Carlisle hatte Grund zu befürchten, daß sie zugunsten einer Außenstehenden enterbt würde. Der Brief hat sie gewarnt – die gestammelten Worte Ihrer Tante bestätigten diese Befürchtung. Unten in der Halle steht ein Köfferchen mit verschiedenen Medikamenten. Es ist leicht, ein Röhrchen mit Morphium zu entwenden. Und nachher, wie ich erfahren habe, sitzt sie im Krankenzimmer allein bei ihrer Tante, während Sie und die Pflegerinnen beim Essen sind ...«

»Großer Gott, Monsieur Poirot, was behaupten Sie da?! Daß Elinor Tante Laura umgebracht hat? Das ist doch ganz lächerlich!«

»Aber Sie wissen doch, daß die Leiche Mrs. Welmans exhumiert werden soll, nicht wahr?«

»Ja, ich weiß. Aber man wird nichts finden!«

»Gesetzt den Fall, man findet etwas?«

»Sie finden nichts!«

Roddy sprach mit Bestimmtheit.

Poirot schüttelte den Kopf.

»Ich bin nicht so sicher. Und es gab nur eine Person, das wissen Sie, der es nützte, wenn Mrs. Welman in diesem Augenblick starb ...«

Roddy setzte sich. Sein Gesicht war totenbleich, und er bebte. Er starrte Poirot an.
»Ich dachte – Sie wären auf ihrer Seite ...«
»Auf wessen Seite man auch immer ist, man muß den Tatsachen ins Auge sehen! Ich denke, Mr. Welman, daß Sie es in Ihrem bisherigen Leben vorgezogen haben, einer unangenehmen Wahrheit, wenn irgend möglich, aus dem Weg zu gehen.«
Poirot wartete eine Weile und sagte dann: »Betrachten wir die Möglichkeit, daß entdeckt wird, daß der Tod Ihrer Tante infolge einer Überdosis Morphium eingetreten ist. Was dann?«
Roddy schüttelte hilflos den Kopf.
»Ich weiß nicht.«
»Aber Sie müssen versuchen nachzudenken. Wer könnte es ihr verabreicht haben? Sie müssen zugeben, daß Elinor Carlisle die beste Gelegenheit dazu hatte?«
»Was ist mit den Pflegerinnen?«
»Jede von ihnen könnte es gewiß auch getan haben. Aber Schwester Hopkins war gleich über das Verschwinden des Röhrchens betroffen und erwähnte es offen. Sie hätte das nicht tun müssen. Der Totenschein war unterzeichnet. Wozu die Aufmerksamkeit auf das fehlende Morphium lenken, wenn sie schuldig war? Sie wird ohnehin wegen Nachlässigkeit gerügt werden. Außerdem, was konnte sie durch Mrs. Welmans Tod gewinnen? Nichts. Dasselbe gilt für Schwester O'Brien.«
Roddy nickte.
»All das ist ganz richtig.«
»Und dann sind da noch Sie selbst«, fuhr Poirot fort.
Roddy fuhr zusammen wie ein nervöses Pferd.
»Ich?«
»Gewiß. Sie könnten das Morphium entwendet haben. Sie könnten es Mrs. Welman gegeben haben! Sie waren an jenem Abend kurze Zeit mit ihr allein. Aber wieder – warum hätten Sie es tun sollen? Wenn sie ein Testament

gemacht hätte, wären Ihre Chancen, etwas zu erben, eher besser gewesen. Also wieder – kein Motiv. Nur zwei Personen hatten ein solches.«
Roddys Blick erhellte sich.
»Zwei Personen?«
»Ja. Die eine war Elinor Carlisle.«
»Und die andere?«
Poirot sagte langsam:
»Die andere hat den anonymen Brief geschrieben.«
Roddy sah ungläubig drein, und Poirot erklärte:
»Jemand schrieb diesen Brief – jemand, der Mary Gerrard haßte oder wenigstens nicht mochte, jemand, der, wie man sagt, ›auf Ihrer Seite‹ war. Jemand, heißt das, der nicht wollte, daß Mary Gerrard aus Mrs. Welmans Tod Nutzen zog. Nun, haben Sie eine Idee, Mr. Welman, wer der Schreiber dieses Briefes gewesen sein könnte?«
Roddy schüttelte den Kopf.
»Ich habe keine Ahnung. Es war der Brief einer ungebildeten Person, billig aussehend, voller Fehler.«
Poirot winkte ab.
»Das will gar nichts heißen, er hätte leicht von einer gebildeten Person, die eben das verbergen wollte, geschrieben sein können. Darum hätte ich gewünscht, daß Sie den Brief noch haben; Leute, die sich bemühen, ungebildet zu schreiben, verraten sich gewöhnlich.«
»Elinor und ich dachten, es könnte einer der Dienstboten gewesen sein.«
»Hatten Sie eine Idee, wer von ihnen?«
»Nein – gar keine.«
»Könnte es Mrs. Bishop gewesen sein?«
Roddy sah entrüstet aus.
»O nein, sie ist eine höchst anständige, sozusagen würdige Persönlichkeit. Schreibt wunderbar komplizierte und etwas gezierte Briefe mit langen Worten darin. Außerdem bin ich sicher, sie würde nie – –«

Als er zögerte, warf Poirot ein: »Sie mochte Mary Gerrard nicht!«
»Schon möglich. Ich habe allerdings nichts davon bemerkt.«
»Aber vielleicht, Mr. Welman, bemerken Sie überhaupt nicht sehr viel?«
»Glauben Sie nicht, Monsieur Poirot, daß meine Tante das Morphium selbst genommen haben könnte?«
»Das ist eine Idee, ja.«
»Ihre – ihre Hilflosigkeit war ihr so verhaßt, wissen Sie. Oft sagte sie, sie möchte sterben.«
»Aber sie wäre doch nicht imstande gewesen, aufzustehen, hinunterzugehen und sich das Morphium aus dem Koffer der Pflegerin zu holen?«
»Nein, aber jemand hätte es für sie tun können.«
»Wer?«
»Nun, eine der Pflegerinnen.«
»Nein, keine von den Pflegerinnen. Sie würden die Gefahr, die für sie selbst darin lag, viel zu gut begreifen! Die Pflegerinnen sind die letzten, die man in Verdacht haben kann.«
»Dann – jemand anderer . . .« Er wollte noch etwas sagen, öffnete den Mund, schloß ihn wieder.
Poirot sagte ruhig:
»Sie haben sich an etwas erinnert, nicht wahr?«
»Ja – aber – –«
»Sie überlegen, ob Sie es mir sagen sollen?«
»Nun, ja . . .«
Ein seltsames Lächeln spielte um Poirots Mundwinkel.
»Wann hat Miss Carlisle es Ihnen gesagt?«
Roddy holte tief Atem.
»Bei Gott, Sie sind ein Hexenmeister! Es war im Zug, als wir herkamen. Wir hatten das Telegramm bekommen, wissen Sie, in dem stand, daß Tante Laura noch einen Schlaganfall gehabt hatte. Elinor sagte, wie schrecklich leid sie ihr tue, wie die Ärmste das Kranksein hasse, und

daß sie jetzt noch hilfloser sein würde, was die Hölle für sie bedeute. Elinor sagte: ›Ich glaube, daß man Menschen erlösen sollte, wenn sie es selbst wirklich wünschen‹.«

»Und Sie sagten – was?«

»Ich stimmte ihr zu.«

»Soeben, Mr. Welman, wiesen Sie die Möglichkeit weit von sich, daß Miss Carlisle ihre Tante aus gewinnsüchtigen Motiven getötet haben könnte. Verneinen Sie auch die Möglichkeit, daß sie Mrs. Welman aus Mitleid getötet haben könnte?«

»Ich – ich – nein, das kann ich nicht . . .«

Hercule Poirot neigte den Kopf.

»Ja, das dachte ich mir – ich war sicher, daß Sie das sagen würden.«

14

In der Kanzlei Seddon, Ridgeway & Seddon wurde Hercule Poirot mit äußerster Zurückhaltung, um nicht zu sagen mit Mißtrauen empfangen.

Mr. Seddon strich mit dem Zeigefinger über sein glattrasiertes Kinn, war durchaus unverbindlich, und seine klugen grauen Augen blickten den Detektiv nachdenklich und abschätzend an.

»Ihr Name ist mir natürlich gut bekannt, Monsieur Poirot. Aber ich verstehe Ihre Aufgabe in diesem Fall nicht ganz.«

»Ich handle, Monsieur, im Interesse Ihrer Klientin.«

»Ach, in der Tat? Und wer – hm – hat Sie dazu veranlaßt?«

»Ich bin auf Ersuchen von Dr. Lord hier.«

Mr. Seddons Augenbrauen hoben sich beträchtlich.

»Wirklich? Das erscheint mir sehr eigentümlich – höchst eigentümlich! Dr. Lord ist, soviel ich weiß, von der Staatsanwaltschaft als Zeuge geladen.«

»Tut das etwas zur Sache?«
Hercule Poirot zuckte mit den Achseln.
»Die Anordnungen bezüglich Miss Carlisles Verteidigung liegen ganz und gar in unseren Händen. Ich glaube wirklich nicht, daß wir noch Hilfe von Außenstehenden in diesem Fall benötigen.«
»Weil die Unschuld Ihrer Klientin so leicht zu beweisen ist?«
Mr. Seddon zuckte zusammen.
»Das«, sagte er, »ist eine höchst ungehörige Frage. Höchst ungehörig.«
»Die Lage Ihrer Klientin ist ausgesprochen schlecht . . .«
»Ich kann wirklich nicht begreifen, Monsieur Poirot, wieso Sie etwas darüber wissen.«
»Obwohl sich tatsächlich zuerst Dr. Lord an mich wandte, habe ich hier auch noch einen Brief von Mr. Roderick Welman.«
Er überreichte ihn mit einer Verbeugung.
Mr. Seddon las die wenigen Zeilen und bemerkte dann widerstrebend:
»Das ändert die Sache natürlich. Mr. Welman hat die Verantwortung für Miss Carlisles Verteidigung übernommen. Wir handeln auf seinen Wunsch.«
Er fügte mit sichtlichem Widerwillen hinzu:
»Unsere Firma hat sehr wenig zu tun mit Strafprozessen, aber ich empfand es als meine Pflicht meiner verstorbenen Klientin gegenüber, mich um die Verteidigung ihrer Nichte zu bemühen. Ich kann Ihnen mitteilen, daß wir bereits Sir Edwin Bulmer als Verteidiger gewonnen haben.«
Poirot sagte, und sein Lächeln war plötzlich ironisch:
»Keine Kosten werden gescheut. Sehr richtig und in Ordnung.«
»Wirklich, Monsieur Poirot – –«
»Rhetorik und Emotionalität werden Ihre Klientin nicht retten. Da braucht es mehr.«
»Was raten Sie?« fragte Mr. Seddon kühl.

»Es gibt immerhin die Wahrheit.«
»Ganz richtig.«
»Aber wird die Wahrheit uns in diesem Fall helfen?«
»Das ist wieder eine höchst ungehörige Bemerkung«, rügte Mr. Seddon scharf.
»Es gibt gewisse Fragen, auf die ich gern eine Antwort hätte«, fuhr Poirot fort.
Mr. Seddon wurde vorsichtig.
»Ich kann mich natürlich nicht verpflichten, ohne die Zustimmung meiner Klientin zu antworten.«
»Natürlich, das begreife ich.« Er machte eine Pause und fragte dann: »Hat Elinor Carlisle Feinde?«
Mr. Seddon zeigte sich leicht erstaunt.
»Soviel ich weiß, keine.«
»Hat die verstorbene Mrs. Welman je, zu irgendeiner Zeit ihres Lebens, ein Testament gemacht?«
»Nie. Sie hat es immer hinausgeschoben.«
»Hat Elinor Carlisle ein Testament gemacht?«
»Ja.«
»Kürzlich? Nach dem Tod ihrer Tante?«
»Ja.«
»Wem hat sie ihr Vermögen hinterlassen?«
»Das, Monsieur Poirot, ist streng vertraulich. Das kann ich Ihnen ohne Bevollmächtigung durch meine Klientin nicht sagen.«
»Dann werde ich Ihre Klientin sprechen müssen!«
Mr. Seddons Lächeln war kalt wie Eis.
»Das, fürchte ich, wird nicht leicht sein.«
Poirot erhob sich und machte eine Geste.
»Alles ist leicht für Hercule Poirot«, sagte er.

15

Chefinspektor Marsden war leutselig.
»Nun, Monsieur Poirot, kommen Sie, um mir einen meiner Fälle zurechtzurücken?«
Poirot murmelte abwehrend:
»Nein, nein. Ein wenig Neugierde meinerseits, das ist alles.«
»Wird mich freuen, Sie befriedigen zu können. Welcher Fall ist es?«
»Elinor Carlisle.«
»Ach ja, das Mädchen, das Mary Gerrard vergiftet hat. Kommt in zwei Wochen zur Verhandlung. Interessanter Fall. Hat die alte Frau übrigens auch umgebracht. Bericht liegt noch nicht vor, aber es scheint kein Zweifel zu bestehen. Morphium. Kaltblütiges Ding. Hat nicht mit der Wimper gezuckt, weder bei ihrer Verhaftung noch nachher. Verrät nichts. Aber wir haben Beweise genug.«
»Sie glauben, daß sie es getan hat?«
Marsden, ein erfahrener, freundlich aussehender Mann, nickte mehrmals.
»Nicht daran zu zweifeln. Gab das Gift in das oberste Brot. Ein kaltblütiges Frauenzimmer.«
»Sie haben keine Zweifel? Gar keine Zweifel?«
»O nein! Ich bin ganz sicher. Ein angenehmes Gefühl, wenn man wirklich sicher ist. Wir begehen ebenso ungern Irrtümer wie irgend jemand anderer. Wir sind nicht nur darauf aus, daß die Verhandlung mit einer Verurteilung endigt, wie manche Leute denken. Diesmal kann ich mit einem ruhigen Gewissen vorgehen.«
Poirot sagte langsam:
»Ich verstehe.«
Der Mann von Scotland Yard sah ihn neugierig an.
»Gibt es etwas auf der anderen Seite?«
Langsam schüttelte Poirot den Kopf.
»Bis jetzt nicht. Bisher deutet alles, was ich in dem Fall

herausgebracht habe, auf Elinor Carlisle als die Schuldige hin.«
»Sie ist auch schuldig, sicher«, bekräftigte Marsden mit heiterer Gewißheit.
»Ich möchte sie gern sprechen«, erklärte Poirot.
Chefinspektor Marsden lächelte nachsichtig.
»Sie stehen ja mit dem gegenwärtigen Innenminister sehr gut, nicht? Da wird es leicht genug sein.«

16

Peter Lord fragte: »Nun?«, und Hercule Poirot antwortete: »Es steht nicht gut.«
»Sie haben nichts finden können?«
»Elinor Carlisle tötete Mary Gerrard aus Eifersucht ... Elinor Carlisle tötete ihre Tante, um ihr Geld zu erben ... Elinor Carlisle tötete ihre Tante aus Mitleid ... Mein Freund, Sie haben die Wahl!«
»Sie reden Unsinn!«
»Wirklich?«
Lords sommersprossiges Gesicht sah zornig aus.
»Was soll das alles heißen?« fragte er.
»Halten Sie das für möglich?« fragte Poirot zurück.
»Halte ich was für möglich?«
»Daß Elinor Carlisle den Anblick des Elends ihrer Tante nicht ertragen konnte und ihr deshalb sterben half.«
»Unsinn!«
»Ist es wirklich Unsinn? Sie haben mir selbst erzählt, daß die alte Dame Sie gebeten hat, ihr zu helfen.«
»Sie hat es nicht ernst gemeint. Sie wußte, daß ich nichts Derartiges tun würde.«
»Immerhin hat sie daran gedacht. Elinor Carlisle hätte ihr helfen können.«
Peter Lord ging auf und ab. Endlich sagte er:

»Ich glaube, eine Frau könnte so etwas für ihren Gatten tun, oder für ihr Kind, oder vielleicht für ihre Mutter. Aber ich glaube nicht, daß sie es für eine Tante täte, mag sie sie noch so gern haben. Und ich glaube, sie würde es auf jeden Fall nur tun, wenn die Betreffende unerträgliche Schmerzen litte.«
Poirot sagte nachdenklich:
»Vielleicht haben Sie recht.«
Dann fügte er hinzu:
»Glauben Sie, man könnte Roderick Welman so weit bringen, dergleichen zu tun?«
»Er hätte nie den Mut dazu!«
Lords Stimme klang verächtlich.
Poirot murmelte: »Ich weiß nicht ... In mancher Hinsicht, *mon cher*, unterschätzen Sie diesen jungen Mann.«
»Oh, er ist gescheit und intellektuell und all das, sicherlich.«
»Ganz richtig«, bestätigte Poirot. »Und er hat Charme ... Ja, den habe sogar ich gespürt.«
»Wirklich? Ich nie!« Doch dann sagte Peter Lord ernst: »Sagen Sie mal, Poirot, gibt es denn gar nichts Entlastendes?«
»Mit meinen Untersuchungen habe ich bisher kein Glück gehabt! Sie führen immer zu demselben Punkt zurück. Niemand hatte von Mary Gerrards Tod Gewinn zu erwarten. Niemand haßte Mary Gerrard – außer Elinor Carlisle. Es gibt nur eine Frage, die wir uns vielleicht stellen könnten. Haßte jemand Elinor Carlisle?«
Langsam schüttelte Dr. Lord den Kopf.
»Nicht, daß ich wüßte ... Sie meinen, daß jemand das Verbrechen auf sie schieben wollte?«
Poirot nickte.
»Es ist ein weit hergeholter Gedanke, und wir haben nichts, das ihn stützen würde ... außer vielleicht gerade die Lückenlosigkeit aller Indizien gegen sie.«
Er erzählte dem andern von dem anonymen Brief.

»Sehen Sie«, sagte er, »das macht es möglich, eine schlüssige Beweiskette gegen sie herzustellen. Sie wurde gewarnt, daß sie aus dem Testament ihrer Tante vollständig verschwinden könnte – daß dieses Mädchen, eine Fremde, das ganze Geld erben könnte. Als also ihre Tante in ihrer stammelnden Sprache nach einem Rechtsanwalt verlangte, ließ Elinor es nicht darauf ankommen und sorgte dafür, daß die alte Dame noch in derselben Nacht starb!«

»Und wie ist es mit Roderick Welman? Er hatte ja auch etwas zu verlieren?«

Poirot schüttelte den Kopf.

»Nein, es war nur zu seinem Vorteil, wenn die alte Dame ein Testament machte. Wenn sie ohne Testament starb, bekam er schließlich gar nichts. Elinor war die nächste Verwandte.«

»Aber er wollte Elinor doch heiraten!«

»Das ist wahr«, bestätigte Poirot. »Aber erinnern Sie sich, daß gleich nachher die Verlobung aufgelöst wurde – daß er ihr deutlich zeigte, er wünsche frei zu werden.«

Peter Lord stöhnte und hielt sich den Kopf.

»So fällt also wieder alles auf sie zurück! Jedesmal!«

»Ja. Außer ...«

Er schwieg eine Weile, dann sagte er:

»Es gibt etwas ...«

»Ja?«

»Etwas – ein kleines Stückchen des Rätselpuzzles, das fehlt. Es ist etwas – dessen bin ich sicher – das Mary Gerrard betrifft. Mein Freund, Sie hören doch so manchen Klatsch hier. Haben Sie je etwas für sie Nachteiliges gehört?«

»Etwas, das gegen Mary Gerrard spricht? Ihren Charakter, meinen Sie?«

»Irgend etwas. Irgendeine alte Geschichte über sie. Eine Unbedachtsamkeit ihrerseits. Die Andeutung eines Skandals. Einen Zweifel an ihrer Ehrlichkeit. Ein boshaftes Gerücht, das sie betrifft. Irgend – irgend etwas – doch etwas, das wie gesagt, ausgesprochen nachteilig für sie ist . . .«

Peter Lord sagte langsam:

»Ich hoffe, Sie werden nicht diese Richtung einschlagen . . . Versuchen, alte Dinge gegen ein harmloses junges Mädchen auszugraben, das tot ist und sich nicht mehr wehren kann! Und überhaupt glaube ich nicht, daß Sie es könnten!«

»Sie dürfen nicht denken mein Freund, daß ich Schmutz aufrühren will, wo es keinen gibt . . . Nein, nein, so ist es durchaus nicht. Aber die gute Schwester Hopkins ist keine Meisterin im Verbergen ihrer Gefühle. Sie hatte Mary gern, und es gibt etwas in bezug auf Mary, wovon sie fürchtet, daß ich es herauskriegen könnte. Sie glaubt nicht, daß es irgendeine Beziehung zum Verbrechen hat. Sie ist jedoch überzeugt, daß das Verbrechen von Elinor Carlisle begangen wurde, und diese andere Sache, was immer es sein mag, hat offenbar nichts mit Elinor zu tun. Sie sehen also, mein Freund, es ist von größter Wichtigkeit, daß ich alles erfahre. Denn es kann sein, daß einer dritten Person von Mary ein Unrecht widerfahren ist, und in dem Fall könnte diese dritte Person einen Grund haben, ihren Tod zu wünschen.«

»Aber in diesem Fall würde Schwester Hopkins das sicher auch klar sein.«

»Schwester Hopkins ist eine ganz intelligente Person, aber ich bin doch noch etwas klüger als sie. Sie könnte meinen Überlegungen kaum folgen!«

»Ich bedaure, ich weiß gar nichts«, erklärte Lord betrübt.

Poirot sagte nachdenklich:

»Ted Bigland weiß auch nichts – und er hat sein Leben lang hier gelebt. Selbst Mrs. Bishop nicht; denn wenn sie etwas Unangenehmes über das Mädel wüßte, hätte sie es gewiß nicht für sich behalten! Nun, ich habe noch eine Hoffnung.«

»Ja?«

»Ich spreche heute mit der anderen Pflegerin, Schwester O'Brien.«
»Die weiß nicht viel über unsere Gegend. Sie war nicht länger als ein oder zwei Monate hier.«
»Das weiß ich. Aber Schwester Hopkins ist geschwätzig. Im Dorf, wo solches Gerede Mary Gerrard hätte schaden können, hat sie nicht geklatscht. Es ist aber möglich, daß sie einer Fremden und Kollegin dazu wenigstens eine Andeutung über etwas gemacht hat, das sie beschäftigte! Schwester O'Brien weiß vielleicht etwas.«

17

Schwester O'Brien warf ihren roten Schopf in den Nacken und lächelte den kleinen Mann, der ihr gegenüber am Teetisch saß, breit an. Sie dachte bei sich: Komischer kleiner Kerl – mit seinen Augen, grün wie die einer Katze, und dabei behauptet Dr. Lord, er sei wahnsinnig klug!
Hercule Poirot sagte:
»Es ist ein Vergnügen, jemanden zu treffen, der so fröhlich und vital ist! Ich bin sicher, Ihre Patienten werden alle rasch wieder gesund.«
»Ich mache nicht gern ein trauriges Gesicht, und von meinen Patienten sterben wirklich nicht viele, Gott sei Dank!«
»Natürlich – in Mrs. Welmans Fall war es nur eine Erlösung.«
»Ja, das war es ... die Arme!«
Ihre Augen waren durchdringend auf Poirot geheftet, als sie fragte:
»Sie wollen wohl über Mrs. Welman mit mir sprechen? Ich habe gehört, daß man sie ausgräbt.«
»Sie selbst hegten damals keinen Verdacht?«
»Nicht den geringsten, obgleich ich wohl einen hätte ha-

ben können, bei dem Gesicht, das Dr. Lord an jenem Morgen machte, und wie er mich einmal da- und einmal dorthin schickte nach lauter Dingen, die er nicht brauchte! Aber er hat trotzdem den Totenschein unterschrieben.«

Poirot begann:

»Er hatte seine Gründe – –«, aber sie nahm ihm die Worte aus dem Mund.

»Ja, und er hatte recht. Es schadet einem Doktor nur, sich Dinge einzubilden und die Familie zu beleidigen, und wenn er dann unrecht hat, ist es aus mit ihm, niemand wird ihn mehr holen lassen. Ein Doktor muß sicher sein!«

»Man hält es für möglich, daß Mrs. Welman Selbstmord begangen hat.«

»Die? Wo sie so hilflos dalag? Die konnte gerade noch eine Hand heben!«

»Hätte ihr jemand dabei helfen können?«

»Ah! Jetzt verstehe ich, was Sie meinen. Miss Carlisle oder Mr. Welman, oder vielleicht Mary Gerrard?«

»Es wäre doch möglich, nicht?«

Schwester O'Brien schüttelte den Kopf.

»Von denen würde es keiner gewagt haben!«

Poirot sagte langsam:

»Vielleicht nicht.«

Dann fuhr er fort: »Wann vermißte Schwester Hopkins das Röhrchen mit Morphium?«

»Am gleichen Morgen. ›Ich bin ganz sicher, daß ich es mitgenommen hatte‹, sagte sie. Anfangs war sie sehr sicher; aber Sie wissen, wie das ist, nach einer Weile wird man irre an sich, und schließlich glaubte sie bestimmt, es zu Hause gelassen zu haben.«

»Und sogar dann hegten Sie keinen Verdacht?«

»Aber nicht den geringsten! Es kam mir nicht einen Augenblick der Gedanke, daß etwas nicht in Ordnung sein könnte.«

»Und was denken Sie jetzt?«

»Wenn man Morphium bei ihr findet, kann es wohl kaum einen Zweifel geben, wer das Röhrchen genommen hat und wozu es benützt wurde . . .«
»Sie hegen gar keinen Zweifel, daß Elinor Carlisle Mary Gerrard umgebracht hat?«
»Wer sonst hätte einen Grund oder den Wunsch gehabt, es zu tun?«
»Das ist die Frage«, bestätigte Poirot.
Schwester O'Brien fuhr dramatisch fort:
»War ich nicht selbst an jenem Abend dabei, als die alte Dame zu reden versuchte und Miss Elinor ihr versprach, daß alles ihren Wünschen gemäß getan werden sollte? Und hab ich nicht ihr haßerfülltes Gesicht gesehen, als sie eines Tages Mary nachschaute, wie sie die Treppe hinunterging? Zu jener Minute dachte sie an Mord!«
»Wenn Elinor Carlisle Mrs. Welman tötete, warum tat sie es?«
»Warum? Wegen des Geldes natürlich! Zweimal hunderttausend Pfund, keinen Penny weniger!«
»Wenn Mrs. Welman noch dazu gekommen wäre, ein Testament zu machen, wie, glauben Sie, hätte sie über ihr Geld verfügt?«
»Sie hätte bestimmt alles Mary Gerrard vermacht!«
»Warum?«
Dieses eine Wort schien Schwester O'Brien etwas aus dem Gleichgewicht zu bringen.
»Warum? Warum, fragen Sie? Nun – ich möchte einfach sagen, so wäre es eben gewesen.«
»Sie sind, glaube ich, eine sehr diskrete Person, Schwester O'Brien«, erklärte Poirot leise und fuhr fort, sie sehr genau beobachtend: »Sie und Schwester Hopkins, Sie sind übereingekommen, daß es Dinge gibt, die lieber nicht ans Tageslicht gebracht werden sollten, nicht wahr?«
»Was meinen Sie damit?«
»Nichts, was mit dem oder den Verbrechen zu tun hat. Ich meine – das andere.«

»Wem würde es nützen, die alte Geschichte wieder aufzurühren? Sie war eine anständige Frau, die hochgeachtet und von jedermann verehrt gestorben ist.«
Hercule Poirot nickte zustimmend.
»Sie sagen es, Mrs. Welman war sehr geachtet in Maidensford.«
Die Unterredung hatte eine unerwartete Wendung genommen, sein Gesicht verriet jedoch weder Überraschung noch Verwirrung.
»Es ist auch schon so lange her. Alles tot und vergessen. Ich selbst habe viel für Romantik übrig und ich sage, was ich immer gesagt habe, daß es hart ist für einen Mann, der eine Frau im Irrenhaus hat, sein ganzes Leben lang an sie gefesselt zu sein.«
Poirot murmelte, noch immer im dunkeln tappend:
»Ja, es ist hart . . .«
»Hat Ihnen Schwester Hopkins erzählt, wie ihr Brief sich mit dem meinen kreuzte?«
»Das hat sie mir nicht erzählt«, erklärte Poirot wahrheitsgemäß.
»Es war ein seltsames Zusammentreffen, aber so geht es immer! Man hört einmal einen Namen, und ein paar Tage später begegnet man ihm wieder und so weiter und so weiter. Daß ich im gleichen Augenblick die Fotografie auf dem Klavier stehen sah, als Schwester Hopkins alles darüber von der Haushälterin des Doktors erfuhr –!«
»Das«, sagte Poirot, »ist sehr interessant . . . Hat Mary Gerrard davon gewußt?«
»Wer hätte es ihr sagen sollen?« meinte Schwester O'Brien. »Ich nicht – und die Hopkins nicht. Schließlich, was hätte es ihr genützt?« Sie warf ihren roten Schopf in den Nacken und schaute ihn fest an.
Poirot sagte mit einem Seufzer: »Freilich, was?«

18

Elinor Carlisle ...

Über die Breite des Tisches hinweg, der sie trennte, schaute Poirot sie forschend an.

Sie waren allein. Durch eine Glaswand beobachtete sie ein Gefängniswärter.

Poirot sah das sensible, gescheite Gesicht und die klare Modellierung von Ohren und Nase. Feine Linien; ein stolzes, sensibles Geschöpf, voller Selbstbeherrschung und – Fähigkeit zur Leidenschaft.

»Ich bin Hercule Poirot. Dr. Peter Lord meinte, ich könnte Ihnen helfen.«

»Peter Lord«, murmelte Elinor. Einen Augenblick lang lächelte sie ein wenig traurig. Dann fuhr sie förmlich fort: »Sehr freundlich von ihm, aber ich glaube nicht, daß es etwas gibt, das Sie tun könnten.«

»Würden Sie meine Fragen beantworten?«

Sie seufzte.

»Glauben Sie mir – wirklich – es wäre besser, sie nicht zu stellen. Ich bin in guten Händen. Mr. Seddon war äußerst nett. Ich bekomme einen berühmten Verteidiger.«

»Er ist nicht so berühmt wie ich!« erklärte Poirot ruhig.

»Er hat einen glänzenden Ruf«, murmelte Elinor.

»Ja, im Verteidigen von Verbrechern. Ich habe einen glänzenden Ruf – im Nachweisen der Unschuld.«

Sie hob endlich ihre Augen – Augen von einem lebhaften, wunderschönen Blau; sie blickten gerade in die von Poirot.

»Glauben Sie denn, daß ich unschuldig bin?«

»Sind Sie es?«

Elinor lächelte, ein ironisches kleines Lächeln.

»Es ist sehr leicht, mit ›Ja‹ zu antworten, nicht?«

Er sagte unerwartet:

»Sie sind sehr müde, nicht wahr?«

Ihre Augen wurden größer.

»Ja ... ja – mehr als irgend etwas anderes. Wieso wußten Sie das?«
»Ich wußte es ...«, sagte Poirot freundlich.
Er schaute sie eine Weile schweigend an, dann fuhr er fort: »Ich habe Ihren – sagen wir Vetter, es ist bequemer – gesprochen, Mr. Roderick Welman.«
In das blasse stolze Gesicht stieg langsam das Blut. Damit war eine seiner Fragen beantwortet, ohne daß er sie gestellt hatte.
Ihre Stimme bebte nur ganz wenig, als sie sagte:
»Sie haben Roddy gesprochen?«
»Er tut alles für Sie, was er kann.«
»Ich weiß.« Sie sprach schnell und leise.
»Ist er arm oder reich?« fragte Poirot.
»Roddy? Er hat nicht sehr viel eigenes Geld.«
»Und ist er verschwenderisch?«
Sie sagte beinahe zerstreut:
»Wir dachten beide, daß es nicht viel ausmachte. Wir wußten, eines Tages ...« Sie hielt inne.
»Sie rechneten mit der Erbschaft? Das ist verständlich.«
Nach einer Pause fuhr er fort:
»Sie haben vielleicht von dem Resultat der Autopsie Ihrer Tante gehört. Sie starb an Morphiumvergiftung.«
Elinor Carlisle erklärte kalt:
»Ich habe sie nicht getötet.«
»Haben Sie ihr vielleicht geholfen, sich selbst zu töten?«
»Ob ich ihr geholfen – –? Ah, ich verstehe. Nein.«
»Wußten Sie, daß Ihre Tante kein Testament gemacht hatte?«
»Nein, davon hatte ich keine Ahnung.«
Ihre Stimme klang nun flach – monoton. Die Antwort kam mechanisch, uninteressiert.
»Und Sie selbst, haben Sie ein Testament gemacht?« fragte Poirot weiter.
»Ja.«

»Machten Sie es an dem Tag, an dem Dr. Lord mit Ihnen darüber sprach?«
»Ja.«
Wieder diese rasche Blutwelle.
»Wem haben Sie Ihr Vermögen hinterlassen, Miss Carlisle?«
»Ich habe alles Roddy hinterlassen – Roderick Welman«, sagte Elinor ruhig.
»Weiß er das?«
Sie antwortete schnell:
»Gewiß nicht.«
»Sie haben es nicht mit ihm besprochen?«
»Natürlich nicht. Es wäre ihm wohl sehr unangenehm gewesen.«
»Wer sonst kennt den Inhalt Ihres Testaments?«
»Nur Mr. Seddon – und seine Angestellten, vermutlich.«
»Hat Mr. Seddon das Testament für Sie aufgesetzt?«
»Ja. Ich schrieb ihm deswegen noch am selben Abend – am Abend des Tages, an dem Dr. Lord zu mir darüber sprach.«
»Haben Sie Ihren Brief selbst zur Post gebracht?«
»Nein. Er ging mit den anderen Briefen vom Haus zur Post.«
»Sie schrieben ihn, steckten ihn in einen Umschlag, versiegelten ihn, klebten eine Marke darauf und legten ihn in den Postbeutel – so war es? Sie zögerten nicht, um noch mal alles zu überlegen?«
Elinor starrte ihn an und sagte dann:
»Nachdem ich die Marken geholt hatte, las ich den Brief noch einmal durch, um sicher zu sein, daß ich mich auch klar ausgedrückt hatte.«
»War jemand bei Ihnen im Zimmer?«
»Nur Roddy.«
»Wußte er, was Sie taten?«
»Ich sagte Ihnen schon – nein.«
»Hätte jemand den Brief lesen können, während Sie das Zimmer verlassen hatten?«

»Ich weiß nicht... Jemand von den Dienstboten meinen Sie? Vermutlich, wenn zufällig jemand hereingekommen wäre, während ich fort war.«
»Und bevor Mr. Roderick Welman hereinkam?«
»Ja.«
»Und auch er hätte ihn lesen können?«
Elinors Stimme klang verächtlich.
»Ich kann Ihnen versichern, Monsieur Poirot, daß ›mein Vetter‹, wie Sie ihn nennen, nicht die Briefe anderer Leute liest.«
»Das wird allgemein angenommen, ich weiß. Sie wären erstaunt, wie viele Leute Dinge tun, die ›man nicht tut‹.«
Elinor zuckte die Achseln, und Poirot bemerkte beiläufig:
»Kam Ihnen an jenem Tag zum ersten Mal der Gedanke, Mary Gerrard zu töten?«
Zum dritten Mal stieg das Blut Elinor Carlisle ins Gesicht. Diesmal war es eine brennende Flut. Sie murmelte:
»Hat Ihnen Peter Lord das gesagt?«
»Also damals, nicht wahr?« sagte Poirot sanft. »Als Sie durch das Fenster blickten und sahen, wie sie ihr Testament machte. Es war damals – nicht? –, als Ihnen der Gedanke kam, wie komisch es wäre – und wie gelegen –, wenn Mary Gerrard zufällig sterben sollte.«
Elinor sagte mit leiser, halberstickter Stimme:
»Er wußte es – er sah mich an und wußte...«
»Dr. Lord weiß sehr viel... Er ist nicht dumm, der junge Mann mit dem sommersprossigen Gesicht und dem roten Haar...«
»Ist es wahr, daß er Sie schickte, um mir zu – helfen?« fragte Elinor leise.
»Es ist wahr, Mademoiselle.«
Sie seufzte.
»Ich verstehe das nicht. Nein, ich verstehe es nicht.«

»Hören Sie zu, Miss Carlisle. Es ist notwendig, daß Sie mir genau sagen, was an dem Tag geschah, an dem Mary Gerrard starb; wohin Sie gingen, was Sie taten; mehr als das, ich will sogar wissen, was Sie dachten.«
Sie starrte ihn an. Dann trat langsam ein seltsames kleines Lächeln auf ihre Lippen.
»Sie müssen ein unglaublich argloser Mensch sein. Begreifen Sie nicht, wie leicht es für mich ist, Sie anzulügen?«
»Das macht nichts.«
Sie begriff nicht.
»Das macht nichts?«
»Nein. Denn Lügen, Mademoiselle, sagen dem Zuhörer genausoviel wie die Wahrheit. Manchmal sagen sie mehr. Also, fangen Sie an! Sie trafen Ihre Haushälterin, die gute Mrs. Bishop. Sie wollte mit Ihnen kommen und Ihnen helfen. Sie wollten das nicht. Warum?«
»Ich wollte allein sein.«
»Warum?«
»Warum? Warum? Weil ich – weil ich denken wollte.«
»Sie wollten sich etwas vorstellen – ja. Und was taten Sie dann?«
Elinor sagte mit herausforderndem Kinn:
»Ich kaufte Paste für Sandwiches.«
»Zwei Gläser?«
»Zwei.«
»Und Sie gingen nach Hunterbury. Was taten Sie dort?«
»Ich ging hinauf in das Zimmer meiner Tante und begann ihre Sachen durchzusehen.«
»Was fanden Sie?«
»Was ich fand?« Sie zog die Brauen zusammen. »Kleider – alte Briefe – Fotografien – Schmuck.«
»Keine Geheimnisse?«
»Geheimnisse? Ich verstehe Sie nicht.«
»Fahren Sie also fort. Was dann?«
»Ich ging hinunter in den Anrichteraum und machte belegte Brote.«

Poirot sagte leise:
»Und Sie dachten – was?«
Ihre blauen Augen blitzten plötzlich.
»Ich dachte an meine Namensschwester. Eleanor von Aquitanien . . .«
»Ich verstehe vollkommen.«
»Ja?«
»O ja. Ich kenne die Geschichte. Sie ließ der schönen Rosamunde – so war es doch, nicht? – die Wahl zwischen einem Dolch und einem Becher Gift. Rosamunde wählte das Gift . . .«
Elinor sagte nichts. Sie war jetzt sehr blaß.
»Nur«, meinte Poirot freundlich, »hätte es diesmal vielleicht keine Wahl gegeben . . . Fahren Sie fort, Mademoiselle, was dann?«
»Ich legte die fertigen Brote auf einen Teller und ging hinunter zum Pförtnerhaus. Schwester Hopkins war mit Mary dort. Ich sagte ihnen, ich hätte im Haus etwas zum Essen vorbereitet.«
Poirot beobachtete sie.
»Ja, und Sie gingen alle zusammen ins Haus, nicht wahr?«
»Ja. Wir – aßen die belegten Brote im Frühstückszimmer.«
Poirots Stimme war ganz leise.
»Ja, ja – noch immer im Traum . . . und dann . . .?«
»Dann?« Sie starrte ihn an. »Ich verließ sie – sie stand am Fenster. Ich ging in den Anrichteraum. Es war noch immer, wie Sie sagen – wie in einem Traum . . . Schwester Hopkins war dort und wusch ab . . . Ich gab ihr das Glas von der Paste.«
»Ja – ja. Und was geschah dann? Was dachten Sie dann?«
Elinor erzählte träumerisch:
»Am Handgelenk der Schwester war eine kleine Verletzung. Ich erwähnte es, und sie sagte, ein Dorn vom Rosenspalier am Pförtnerhaus habe sie verletzt. Die Rosen am Pförtnerhaus . . . Roddy und ich hatten einst einen Streit – vor langer Zeit – über den Krieg der Rosen. Ich

war Lancaster und er war York. Er liebte weiße Rosen. Ich sagte, das wären keine wirklichen Rosen – sie duften nicht einmal! Ich liebte rote Rosen, groß und dunkel und samtig und nach Sommer riechend ... Wir stritten ganz blödsinnig. Sehen Sie, das kam mir alles wieder in den Sinn – dort in der Anrichte – und etwas – etwas zerbrach in mir – der finstere Haß, den ich im Herzen gehabt hatte – verschwand, als ich mich erinnerte, wie wir als Kinder zusammen waren. Ich haßte Mary nicht mehr. Ich wünschte ihr nicht mehr den Tod ...« Sie hielt inne. »Aber dann, als wir ins Frühstückszimmer zurückkehrten, da lag sie im Sterben ...«
Sie schwieg. Poirot schaute sie durchdringend an. Sie wurde rot und sagte:
»Wollen Sie mich wieder fragen – ob ich Mary Gerrard tötete?«
Poirot erhob sich.
»Ich werde Sie – nichts fragen. Es gibt Dinge, die ich nicht wissen will ...«

19

Dr. Lord empfing Hercule Poirot auf dem Bahnhof und sagte gleich:
»Ich habe mein möglichstes getan, um Antwort auf Ihre Fragen zu bekommen. Erstens, Mary Gerrard reiste am 10. Juli von hier nach London. Zweitens, ich habe keine Haushälterin – ein paar dumme Mädchen sorgen für das Nötigste. Sie müssen Mrs. Slattery meinen, die Haushälterin meines Vorgängers Ransome. Ich kann Sie noch heute vormittag hinbringen, wenn Sie wollen, ich habe sie gebeten, zu Hause zu sein.«
»Ja, ich glaube, es wäre gut, wenn ich sie zuerst sprechen würde«, entgegnete Poirot.

»Dann sagten Sie, Sie wollten nach Hunterbury. Ich könnte mit Ihnen kommen. Ich begreife sowieso nicht, warum Sie nicht längst dort waren. Ich hätte gedacht, daß das erste, was in einem solchen Fall zu tun wäre, ein Besuch an dem Ort, wo das Verbrechen stattfand, sein würde.«
Seinen Kopf ein wenig schief haltend, fragte Hercule Poirot:
»Warum?«
»Warum?« Peter Lord brachte diese Frage etwas aus der Fassung. »Ist das nicht üblich?«
»In meinem Beruf kann man nicht nach einem Lehrbuch vorgehen! Man benützt seinen natürlichen Verstand.«
»Sie könnten dort irgendeinen Anhaltspunkt finden.«
»Sie lesen zu viele Detektivgeschichten«, seufzte Poirot. »Die Polizei in diesem Land ist bewundernswert. Ich zweifle nicht, daß sie Haus und Garten höchst sorgfältig durchsucht hat.«
»Nach Beweisen gegen Elinor Carlisle – nicht nach Beweisen für ihre Unschuld.«
»Mein lieber Freund – Ihre Polizei ist kein Ungeheuer! Elinor Carlisle wurde verhaftet, weil genügend Beweise gefunden wurden, um Anklage gegen sie zu erheben – eine gut begründete Anklage, möchte ich meinen. Es wäre nutzlos, wenn ich dort Nachforschungen anstellen würde, wo die Polizei schon alles durchgekämmt hat.«
»Aber jetzt wollen Sie doch noch hingehen?« wandte Peter ein.
Hercule Poirot nickte.
»Ja – jetzt ist es notwendig. Denn jetzt weiß ich genau, was ich suche. Man muß mit dem Gehirn verstehen, bevor man seine Augen gebraucht.«
»Also denken Sie doch – daß – etwas – noch dort sein könnte?«
Poirot sagte sanft:
»Ich habe eine kleine Idee, daß wir etwas finden werden – ja.«

»Etwas, um Elinors Unschuld zu beweisen?«
»Ah, das habe ich nicht gesagt.«
Peter Lord hielt plötzlich inne.
»Sie halten sie doch nicht etwa immer noch für schuldig?«
Poirot erwiderte ernst:
»Sie müssen noch etwas warten, mein Freund, bevor Sie von mir eine Antwort auf diese Frage bekommen können.«
Poirot aß mit dem Doktor in einem hübschen Zimmer zu Mittag, dessen Fenster zum Garten hin geöffnet war.
»Haben Sie aus der alten Slattery herausbekommen, was Sie wollten?« fragte Lord.
Poirot nickte.
»Was wollten Sie eigentlich von ihr?«
»Klatsch! Geschichten von alten Zeiten. Manche Verbrechen haben ihre Wurzeln in der Vergangenheit. Ich glaube, dieses auch.«
Peter Lord wurde gereizt.
»Ich verstehe kein Wort von dem, was Sie reden.«
Poirot lächelte.
»Dieser Fisch ist wunderbar frisch.«
»Kann sein«, sagte Lord ungeduldig. »Ich habe ihn heute früh selbst gefangen. Hören Sie mal, Poirot, werde ich nichts von dem erfahren, was Sie im Sinn haben? Warum lassen Sie mich im dunkeln tappen?«
Der andere schüttelte den Kopf.
»Weil es vorläufig noch kein Licht gibt. Immer wieder stoße ich auf die Tatsache, daß es niemanden gab, der Grund hatte, Mary Gerrard zu töten – außer Elinor Carlisle.«
»Das können Sie nicht mit Bestimmtheit wissen. Bedenken Sie, sie war doch längere Zeit im Ausland.«
»Ja, ja, ich habe Erkundigungen eingezogen.«
»Sie waren selbst in Deutschland?«
»Ich selbst, nein.« Mit einem leichten Kichern fügte er hinzu:

»Ich habe meine Spione!«
»Können Sie sich denn auf andere Leute verlassen?«
»Gewiß. Ich werde doch nicht herumrennen und Sachen dilettantisch tun, die ein anderer für eine kleine Summe mit gewerbsmäßiger Geschicklichkeit erledigt! Ich kann Ihnen versichern, mein Lieber, ich habe verschiedene Eisen im Feuer. Ich habe mehrere nützliche Helfer – einer davon ist ein früherer Einbrecher.«
»Wofür setzen Sie den ein?«
»Seine letzte Aufgabe war eine sehr gründliche Durchsuchung von Mr. Welmans Wohnung.«
»Was hat er gesucht?«
»Man möchte immer gern genau wissen, was für Lügen einem erzählt worden sind.«
»Hat Welman Sie belogen?«
»Entschieden.«
»Wer hat Sie noch belogen?«
»Jeder, denke ich: Schwester O'Brien romantisch; Schwester Hopkins widerspenstig; Mrs. Bishop giftig. Sie selbst – –«
»Großer Gott!« Peter Lord unterbrach ihn heftig. »Sie glauben doch nicht, daß ich Sie belogen habe, was?«
»Noch nicht«, gab Poirot zu.
Dr. Lord sank auf seinen Stuhl zurück.
»Sie sind ein ungläubiger Thomas, Poirot. Wenn Sie übrigens fertig sind, können wir nach Hunterbury aufbrechen. Ich muß später noch ein paar Patienten besuchen, und nachher habe ich Sprechstunde.«
Sie gingen zu Fuß und betraten den Garten von der Rückseite her. Auf dem Weg begegneten sie einem hübschen, großen jungen Burschen, der Dr. Lord respektvoll grüßte.
»Guten Morgen, Horlick. Das ist Horlick, der Gärtner, Poirot. Er arbeitete an jenem Morgen hier.«
»Ja, Sir, das ist richtig«, bestätigte Horlick. »Ich sah Miss Elinor an jenem Morgen und sprach mit ihr.«

»Was sagte sie zu Ihnen?« fragte Poirot.
»Sie sagte, das Haus sei so gut wie verkauft, und das hat mich etwas erschreckt, Sir; aber Miss Elinor sagte, sie würde bei Major Somervell ein gutes Wort für mich einlegen, und vielleicht würde er mich behalten – wenn er mich nicht zu jung fände, vielleicht als Obergärtner, da ich doch eine gute Schule unter Mr. Stephens hier gehabt hatte.«
Dr. Lord fiel ein:
»Wirkte sie so wie gewöhnlich, Horlick?«
»Ja, freilich, Sir, außer daß sie ein wenig aufgeregt war – und als ob sie etwas bedrücke.«
»Haben Sie Mary Gerrard gekannt?« fragte Poirot.
»O ja, Sir. Aber nicht sehr gut.«
»Wie war sie?«
Horlick verstand nicht gleich.
»Wie sie war, Sir? Meinen Sie, wie sie ausgesehen hat?«
»Nein, das nicht. Ich meine, was für eine Art Mädchen sie war?«
»Ja, Sir, sie war ein besonders nettes Mädchen, immer freundlich und so. War aber auch ziemlich eingebildet, möchte ich sagen. Wissen Sie, die alte Mrs. Welman hat viel Getue um sie gemacht.«
»Sie waren an jenem Vormittag hier. Wo haben Sie gearbeitet?«
»Meistens im Küchengarten, Sir.«
»Das Haus können Sie von dort nicht sehen?«
»Nein, Sir.«
Hier mischte sich Dr. Lord wieder ein:
»Wenn jemand zum Haus gekommen wäre – bis zum Fenster des Anrichteraums –, hätten Sie ihn dann gesehen?«
»Nein, Sir.«
»Wann gingen Sie zum Essen?« fragte Lord weiter.
»Um ein Uhr, Sir.«
»Und Sie haben nichts gesehen – keinen Menschen, der

sich da aufhielt – oder einen Wagen draußen – oder sonst etwas?«
Die Augenbrauen des Mannes hoben sich in leichtem Staunen.
»Vor dem hinteren Tor, Sir? Da war nur Ihr Wagen.«
»*Mein* Wagen? Sicherlich nicht mein Wagen! Ich war an jenem Vormittag in der Gegend von Withenbury und kam erst nach zwei zurück.«
Horlick sah sehr erstaunt aus.
»Ich war sicher, daß es Ihr Wagen war, Sir«, meinte er zweifelnd.
Peter Lord sagte rasch:
»Na, es hat nichts zu sagen. Guten Morgen, Horlick.«
Er und Poirot gingen weiter. Horlick schaute ihnen eine Weile nach, dann fuhr er langsam mit seinem Schubkarren weiter.
Peter Lord sagte leise – aber in großer Erregung:
»Endlich – etwas! Wessen Wagen war das, der an jenem Morgen vor dem Tor stand?«
»Was haben Sie für einen Wagen, mein Freund?«
»Einen Ford – seegrün ist er. Den gibt's ja ziemlich häufig.«
»Und Sie sind sicher, daß es nicht Ihrer war? Sie haben sich nicht im Tag geirrt?«
»Vollkommen sicher. Ich war in Withenbury drüben, kam spät zurück, aß noch etwas, und dann kam der Anruf wegen Mary Gerrard, und ich eilte hinüber.«
»Dann sieht es wirklich so aus, mein Freund, daß wir endlich auf etwas Greifbares gestoßen sind.«
»Jemand war an jenem Vormittag hier . . . jemand, der weder Elinor Carlisle, noch Mary Gerrard, noch Schwester Hopkins war . . .«
»Das ist sehr interessant. Kommen Sie, beginnen wir unsere Untersuchung! Nehmen wir zum Beispiel an, ein Mann (oder eine Frau) wollte sich dem Haus ungesehen nähern, wie würde er es anfangen?«

Nach der Hälfte der Auffahrt zweigte ein Pfad ab und führte durch ein Gebüsch. Sie folgten ihm, und bei einer Krümmung packte Peter Lord Poirots Arm und deutete auf ein Fenster.

»Das ist das Fenster des Anrichteraums, wo Elinor Carlisle die Brote vorbereitete.«

»Und von hier konnte sie jeder dabei sehen«, murmelte Poirot. »Das Fenster war offen, wenn ich mich recht erinnere?«

»Weit offen. Es war ein heißer Tag.«

»Wenn also jemand ungesehen beobachten wollte, was vorging, wäre ungefähr hier der richtige Platz.«

Die beiden Männer suchten herum, und Peter Lord sagte:

»Da ist eine Stelle – hinter diesen Büschen, wo das Gras niedergetreten ist. Man sieht es noch deutlich.«

Poirot trat zu ihm.

»Ja, das ist eine gute Stelle. Sie ist vom Pfad aus nicht einsehbar, und jene Lücke im Gebüsch läßt eine gute Aussicht auf das Fenster zu. Also, was tat er, unser Freund, der da stand? Rauchte er vielleicht?«

Sie beugten sich nieder, untersuchten den Boden und schoben die Blätter und Zweige zur Seite.

Plötzlich ließ Hercule Poirot ein Brummen hören.

Peter Lord richtete sich aus seiner gebückten Haltung auf.

»Was gibt's?«

»Eine Zündholzschachtel, mein Freund. Eine leere Zündholzschachtel, tief in den Boden getreten, naß und halb verfault.«

Mit Behutsamkeit und Sorgfalt barg er den Gegenstand und legte ihn endlich auf einen Bogen Papier, den er seiner Tasche entnommen hatte.

»Es ist ausländisch«, sagte Dr. Lord. »Mein Gott! Deutsche Zündhölzer!«

»Und Mary Gerrard war kurz zuvor aus Deutschland zurückgekommen!«

Peter Lord frohlockte.

»Jetzt haben wir etwas! Sie können es nicht leugnen!«
»Vielleicht . . .«, sagte Poirot langsam.
»Aber, zum Teufel, Mensch, wer in der Gegend könnte ausländische Zündhölzer haben?«
»Ich weiß – ich weiß.«
Seine Blicke, fragende Blicke, schweiften zwischen der Lücke im Gebüsch und dem Fenster hin und her.
»Es ist nicht ganz so einfach, wie Sie denken. Es ist eine große Schwierigkeit dabei. Sehen Sie das nicht selbst?«
»Was? Sagen Sie es mir!«
Poirot seufzte.
»Wenn Sie es nicht selbst sehen . . . Aber kommen Sie, gehen wir weiter.«
Sie gingen weiter zum Haus. Peter Lord sperrte die Hintertür mit einem Schlüssel auf.
Er ging voraus in die Küche, durch diese dann einen Gang entlang, in dem auf einer Seite eine Garderobe und auf der anderen der Anrichteraum lag. Dort sahen sich die beiden Männer um.
In der Anrichte waren die üblichen Schränke mit Schiebetüren für Glas und Porzellan. Es gab einen kleinen Gaskocher und zwei Kessel und oben auf einem Fach zwei Büchsen, auf denen »Tee« und »Kaffee« stand. Dann waren noch ein Ausguß, eine Abtropfplatte und eine Abwaschschüssel da. Vor dem Fenster stand ein Tisch.
»An diesem Tisch hat Elinor Carlisle die belegten Brote gemacht«, erklärte Lord. »Das Stückchen Etikett mit der ›Morphium‹-Aufschrift wurde in dieser Ritze des Bodens unter dem Ausguß hier gefunden.«
»Die Polizeileute sind sorgfältige Sucher. Ihnen entgeht nicht viel.«
Peter Lord sagte heftig:
»Es gibt keinen Beweis, daß Elinor dieses Röhrchen je in der Hand hatte! Ich sage Ihnen, jemand beobachtete sie von draußen, vom Gebüsch her. Sie ging zum Pförtnerhaus, und er sah die Gelegenheit und schlüpfte hinein,

öffnete das Röhrchen, zerdrückte einige Morphiumtabletten zu Pulver und gab es auf das oberste Brötchen. Er bemerkte gar nicht, daß er ein Stückchen vom Etikett abgerissen hatte und dieses in die Ritze geflattert war. Er eilte fort, setzte seinen Wagen in Gang und fuhr davon.«
Poirot seufzte.
»Und noch immer merken Sie nichts?! Es ist unglaublich, wie begriffsstutzig ein gescheiter Mensch manchmal sein kann!«
Peter Lord fragte zornig:
»Wollen Sie vielleicht behaupten, daß niemand in diesem Gebüsch stand und dieses Fenster beobachtete?«
»Nein . . .«
»Dann müssen wir herausbekommen, wer es war!«
»Wir werden nicht weit zu suchen haben, glaube ich.«
»Sie meinen, Sie wissen . . .?«
»Ich hab eine ziemlich genaue Vorstellung . . . Kommen Sie, gehen wir ins Haus und schauen es uns näher an.«

Endlich standen sie in dem Zimmer, in dem Mary Gerrard gestorben war.
Über dem Haus lag eine seltsame Atmosphäre: Erinnerungen und Vorbedeutungen schienen lebendig zu werden.
Peter Lord öffnete eines der Fenster. Er sagte mit einem leichten Schauder:
»Dieser Raum ist wie eine Gruft . . .«
»Wenn die Wände sprechen könnten . . .«, murmelte Poirot. »Es hat sich alles hier in diesem Haus abgespielt – die ganze Geschichte, nicht?«
Er machte eine Pause, dann sagte er leise:
»Hier in diesem Zimmer starb Mary Gerrard. Sie fanden sie in jenem Stuhl am Fenster sitzend . . . Ein junges Mädchen – schön – romantisch. Schmiedete es Pläne? War es etwas Besonderes und tat vornehm? War es sanft und lieb, ohne alle Hintergedanken . . . eben nur ein junges

Ding, das sein Leben begann . . . ein Mädchen wie eine Blume? . . .«

»Was immer Mary war«, sagte Peter Lord, »jemand wünschte ihren Tod.«

»Ich möchte wissen . . .«, murmelte Poirot.

Lord starrte ihn an.

»Was meinen Sie?«

Poirot schüttelte den Kopf.

»Noch nicht.«

Er wandte sich um.

»Wir sind durch das ganze Haus gegangen. Wir haben alles gesehen, was hier zu sehen ist. Gehen wir nun zum Pförtnerhaus hinunter.«

Auch hier war alles in Ordnung. Aller persönliche Besitz war ausgeräumt. Die beiden Männer blieben nur ein paar Minuten. Als sie in die Sonne hinaustraten, berührte Poirot die Blätter einer Rose, die an einem Spalier emporwuchs, sie war rosa und duftete süß.

»Kennen Sie den Namen dieser Rose? Sie heißt Zephyrine Droughin, mein Freund.«

»Na, und?« fragte Lord gereizt.

»Als ich bei Elinor Carlisle war, sprach sie von Rosen. Damals sah ich zum ersten Mal – nicht Tageslicht, aber den kleinen Lichtschein, den man vom Zug aus sieht, wenn man im Begriff ist, aus einem Tunnel herauszukommen.«

»Was sagte sie denn?«

»Sie erzählte mir von ihrer Kindheit, wie sie hier im Garten spielten und sie und Roderick Welman auf verschiedenen Seiten kämpften. Sie waren Feinde, denn er zog die weiße Rose von York – kalt und streng – vor, und sie liebte rote Rosen, die rote Rose von Lancaster. Rote Rosen, die Duft haben und Farbe und Leidenschaft und Wärme. Und das, mein Freund, ist der Unterschied zwischen Elinor Carlisle und Roderick Welman.«

»Erklärt das etwas?«

»Es erklärt Elinor Carlisle – die leidenschaftlich und stolz ist und einen Mann wahnsinnig liebte, der unfähig war, sie zu lieben ...«

»Ich verstehe Sie nicht ...«

»Aber ich verstehe sie ... Ich verstehe sie beide. Nun, mein Freund, wollen wir noch einmal zu der kleinen Lichtung im Gebüsch gehen.«

Als sie an die Stelle kamen, stand Poirot eine Weile regungslos da, und Peter Lord beobachtete ihn.

Dann stieß der kleine Detektiv plötzlich einen ärgerlichen Seufzer aus.

»Es ist wirklich so einfach. Sehen Sie denn nicht, mein Freund, den verhängnisvollen Irrtum in Ihren Schlüssen? Nach Ihrer Theorie kam jemand, offenbar ein Mann, den Mary Gerrard in Deutschland gekannt hatte, mit der Absicht hierher, sie zu töten. Aber schauen Sie doch nur, mein Freund, schauen Sie! Gebrauchen Sie die zwei Augen Ihres Leibes, da Ihnen die Augen Ihres Geistes nicht zu dienen scheinen! Was sehen Sie von hier aus: ein Fenster, nicht wahr? Und an jenem Fenster – ein Mädchen. Ein Mädchen, das Brote schmiert. Elinor Carlisle. Und nun denken Sie doch nur eine Sekunde nach: Was um alles in der Welt sagte dem beobachtenden Mann, daß diese Brote Mary Gerrard angeboten werden? Niemand wußte das außer Elinor Carlisle selbst – niemand! Nicht einmal Mary Gerrard oder Schwester Hopkins.

Was also folgt daraus? Wenn ein Mann hier auf der Lauer lag und nachher durchs Fenster hineinkletterte und Brote vergiftete? Was dachte er? Er dachte, er muß gedacht haben, daß die Brote von Elinor Carlisle selbst gegessen würden ...«

20

Poirot klopfte an die Tür von Schwester Hopkins' Häuschen. Sie öffnete, den Mund voll Kuchen.
Sie sagte scharf:
»Nun, Monsieur Poirot, was wünschen Sie denn jetzt?«
»Darf ich eintreten?«
Sichtlich widerstrebend trat Schwester Hopkins zurück, und Poirot durfte die Schwelle überschreiten. Dann besann sie sich auf ihre Gastgeberinnenpflichten, und ein paar Minuten später betrachtete Poirot mit Schrecken eine Tasse voll tintigen Gebräus in seinen Händen.
»Eben fertig – gut und stark!« erklärte Schwester Hopkins.
Poirot rührte seinen Tee vorsichtig um und nahm heroisch einen Schluck.
»Haben Sie eine Idee, weshalb ich hergekommen bin?«
»Ich habe nie behauptet, ich sei eine Gedankenleserin.«
»Ich bin gekommen, um Sie nach der Wahrheit zu fragen.«
Schwester Hopkins erhob sich voll Zorn.
»Und was, bitte, soll das bedeuten? Ich bin immer eine wahrheitsliebende Person gewesen. Es gibt nichts im Zusammenhang mit dem Tod von Mary Gerrard, worüber ich nicht offen und klar wie der Tag ausgesagt hätte, und wenn Sie da anders denken, wäre ich Ihnen sehr verbunden, wenn Sie mir eine Erklärung dafür gäben! Ich habe mit nichts hinterm Berg gehalten – mit gar nichts! Und ich bin bereit, das zu beschwören.«
Poirot versuchte nicht, sie zu unterbrechen. Er wußte, wie man mit einer zornigen Frau umgehen muß. Er ließ Schwester Hopkins aufbrausen und sich austoben. Dann sprach er – ruhig und mild.
»Ich meinte nicht, daß Sie etwas im Zusammenhang mit dem Verbrechen verschwiegen haben.«
»Was also meinten Sie dann?«
»Ich bat Sie, mir die Wahrheit zu sagen – nicht über den Tod, sondern über das Leben von Mary Gerrard.«

»Oh!« Schwester Hopkins schien einen Augenblick verblüfft.
»Also darauf wollen Sie hinaus! Aber es hat nichts mit dem Mord zu tun.«
»Das habe ich auch nicht behauptet. Ich sagte, Sie verschwiegen etwas, das sie betraf.«
»Und warum auch nicht – wenn es nichts mit dem Verbrechen zu tun hat?«
Poirot zuckte die Achseln.
»Warum sollten Sie es tun?«
Schwester Hopkins sagte, hochrot im Gesicht:
»Weil es einfach nur anständig ist! Sie sind heute alle tot – alle, die es betrifft. Und jemand anderen geht es nichts an!«
»Wenn es nur Vermutung ist – vielleicht nicht. Aber wenn Sie wirklich etwas *wissen*, sieht die Sache anders aus.«
»Ich verstehe nicht, was Sie meinen . . .«
»Ich will Ihnen helfen. Ich werde Ihnen genau sagen, was ich erfahren habe. Also vor mehr als zwanzig Jahren gab es ein Liebesverhältnis zwischen zwei Leuten, und zwar zwischen Mrs. Welman, die seit einigen Jahren Witwe war, und Sir Lewis Rycroft, der unglücklicherweise eine Gattin hatte, die unheilbar geisteskrank war.
Zu dieser Zeit gewährte das Gesetz keine Aussicht auf Freiheit durch Scheidung, und Lady Rycroft, deren körperliches Befinden vorzüglich war, konnte neunzig Jahre alt werden. Über das Liebesverhältnis wurde wohl gemunkelt, aber sie waren beide vorsichtig und bemüht, den Schein zu wahren. Dann fiel Sir Lewis Rycroft im Krieg.«
»Und?« bemerkte Schwester Hopkins kurz.
»Ich glaube«, sagte Poirot, »daß nach seinem Tod ein Kind geboren wurde, und daß dieses Kind Mary Gerrard war.«
»Sie scheinen ja recht gut Bescheid zu wissen!«
»Ich vermute es. Aber es ist möglich, daß Sie einen bestimmten Beweis haben, daß es wirklich so ist.«
Schwester Hopkins saß schweigend mit gerunzelter Stirn ein paar Minuten lang da, dann stand sie plötzlich auf, ging

zur Kommode, öffnete eine Schublade und nahm einen Briefumschlag heraus, den sie Poirot gab.
»Ich will Ihnen sagen, wie das in meine Hände kam. Einen Verdacht hatte ich schon, wissen Sie. Erstens die Art, wie Mrs. Welman das Mädel immer anschaute, und dazu das Gerede, das ich hörte. Und der alte Gerrard sagte mir, als er krank war, daß Mary nicht seine Tochter sei.
Nun, nach Marys Tod räumte ich im Pförtnerhaus auf, und in einer Lade fand ich unter einigen Sachen des Alten diesen Brief.«
Poirot las die Aufschrift in verblaßter Tinte:
»Für Mary – ihr nach meinem Tod zu schicken.«
»Diese Schrift ist nicht frisch?«
»Es war nicht Gerrard, der das schrieb«, erklärte Schwester Hopkins. »Es war Marys Mutter, die vor vierzehn Jahren starb. Aber der Alte hob es unter seinen Sachen auf, und so sah sie es nie – und ich bin froh darüber! So konnte sie bis zuletzt den Kopf hoch tragen und hatte keinen Grund, sich zu schämen.«
Poirot zog den Bogen Papier, der mit einer kleinen eckigen Schrift bedeckt war, heraus und las:

Dies ist die Wahrheit, die ich hier niedergeschrieben habe für den Fall, daß sie je gebraucht werden sollte. Ich war Kammerzofe bei Mrs. Welman in Hunterbury, und sie war sehr gut zu mir. Mir ist ein Malheur passiert, und sie ist mir zur Seite gestanden und hat mich wieder in ihre Dienste genommen, als alles vorüber war; das Kind war gestorben. Meine Herrin und Sir Lewis Rycroft liebten einander, doch sie konnten nicht heiraten, denn er hatte schon eine Frau, die war im Irrenhaus, die Arme! Er war ein feiner Herr und Mrs. Welman ganz ergeben. Er fiel im Krieg, und bald nachher sagte sie mir, daß sie ein Kind bekomme. Dann fuhr sie nach Schottland und nahm mich mit. Das Kind wurde dort geboren – in Ardlochrie. Bob Gerrard, der, als ich im Unglück war, nichts mehr von mir wissen wollte, hatte wieder begonnen, mir zu schreiben. So wurde abgemacht, daß wir zwei heiraten sollten und im Pförtnerhaus wohnen, und er glauben sollte, daß das Kind das meine sei. Wenn wir dort lebten, würde es ganz natürlich aussehen, wenn Mrs. Welman sich für das Kind interessierte und sich um seine Erziehung kümmerte und später für sein Fortkommen sorgte. Sie meinte, es sei besser für Mary, wenn sie die Wahrheit nie erführe. Mrs. Welman gab uns beiden eine schöne Summe Geldes; doch ich hätte ihr auch ohne das geholfen. Ich war ganz glücklich mit Bob, aber Mary hat er nie recht gemocht. Ich habe den Mund gehalten und nie irgend jemand etwas erzählt. Aber ich denke, es ist für den Fall meines Todes richtig, daß ich dies schwarz auf weiß niederschreibe.

Elise Gerrard (geb. Elise Riley)

Hercule Poirot atmete tief durch und legte den Brief wieder zusammen.

Schwester Hopkins fragte besorgt:

»Was werden Sie nun machen? Sie sind doch jetzt alle tot! Es tut nicht gut, diese Dinge auszugraben. Jedermann hier hat Mrs. Welman so hochgeachtet, kein Wort ist je gegen sie gesagt worden. Dieser ganze alte Skandal – es wäre grausam! Und dasselbe gilt für Mary. Sie war ein liebes Mädel; warum sollte man erfahren, daß sie ein uneheliches Kind war? Lassen Sie die Toten in Frieden ruhen.«

»Man muß an die Lebenden denken.«

»Aber diese Sache hat doch nichts mit dem Mord zu tun.«

»Sie kann sogar sehr viel damit zu tun haben.«

Er verließ das Häuschen und Schwester Hopkins, die ihm mit offenem Mund nachstarrte.

Er war ein Stückchen gegangen, als er zögernde Schritte hinter sich bemerkte. Er blieb stehen und wandte sich um. Es war Horlick, der junge Gärtner von Hunterbury. Er

war sehr verlegen und drehte seine Mütze fortwährend in den Händen.
»Entschuldigen Sie, Sir, könnte ich ein Wort mit Ihnen sprechen?«
Er schluckte aufgeregt beim Sprechen.
»Gewiß. Was gibt's?«
Horlick drehte die Mütze noch rascher. Er sagte, indem er die Augen abwandte und noch unglücklicher und verlegener aussah:
»Es handelt sich um das Auto.«
»Das Auto, das an jenem Morgen vor dem hinteren Tor stand?«
»Ja, Sir. Dr. Lord sagte heute, daß es nicht sein Wagen war – aber er war es doch, Sir.«
»Sie wissen das bestimmt?«
»Ja, Sir. Wegen der Nummer, Sir. Es war MSS 2022. Ich habe genau darauf geachtet – MSS 2022. Wissen Sie, wir kennen es im Dorf und nennen es immer Miss Tu-Tu! Ich bin ganz sicher, Sir.«
Poirot sagte leise lächelnd:
»Aber Dr. Lord behauptet, er sei an jenem Vormittag in Withenbury gewesen.«
Horlick war ganz unglücklich.
»Ja, Sir, ich habe das gehört. Aber es war doch sein Wagen, Sir ... Darauf kann ich einen Eid ablegen.«
»Danke, Horlick, das ist genau das, was Sie vielleicht werden tun müssen ...«

21

War es sehr heiß im Gerichtshof? Oder sehr kalt? Elinor Carlisle war nicht ganz sicher. Manchmal fühlte sie sich glühend, wie im Fieber, und gleich danach erschauerte sie.

Dr. Lord legte Zeugnis ab. War das Peter Lord – jener sommersprossige, heitere junge Doktor, der in Hunterbury so nett und so freundlich gewesen war? Jetzt war er sehr steif, streng beruflich. Seine Antworten kamen monoton: Er war telefonisch nach Hunterbury gerufen worden; zu spät, als daß man noch etwas hätte tun können; Mary Gerrard war ein paar Minuten nach seinem Eintreffen gestorben; Tod, seiner Meinung nach, infolge Morphium-Vergiftung.
Sir Edwin Bulmer erhob sich zum Kreuzverhör.
»Sie waren der behandelnde Arzt der verstorbenen Mrs. Welman?«
»Ja.«
»Während Ihrer Besuche in Hunterbury im Juni hatten Sie Gelegenheit, die Angeklagte und Mary Gerrard zusammen zu sehen?«
»Mehrere Male.«
»Wie würden Sie das Benehmen der Angeklagten Mary Gerrard gegenüber bezeichnen?«
»Nett und natürlich.«
Sir Edwin Bulmer sagte mit einem etwas geringschätzigen Lächeln:
»Sie sahen nie irgendwelche Anzeichen dieses ›eifersüchtigen Hasses‹, von dem wir soviel zu hören bekamen?«
»Nein.«
Lords Stimme klang fest.
Elinor dachte: Aber er sah es – er sah es ... Er hat für mich gelogen ... Er wußte ...
Nach Peter Lord kam der Polizeiarzt. Seine Zeugenaussage war länger, mehr auf die Einzelheiten eingehend und alles in allem höchst ermüdend.
Nach der Mittagspause wurde der wichtigste Sachverständige, Dr. Alan Garcia, vernommen. Auch er wußte seine Aussage ausführlich zu gestalten. Die Morphiummenge, die von der Verstorbenen genommen worden

war, wurde auf ungefähr ein Gramm geschätzt. Schon ein Fünftelgramm konnte tödlich sein.
Sir Edwin erhob sich, noch immer verbindlich.
»Ich möchte das ganz klarstellen. Sie fanden im Magen nichts als Brot, Butter, Fischpaste, Tee und Morphium. Es waren keine anderen Nahrungsmittelrückstände vorhanden?«
»Keine.«
»Hat irgend etwas angezeigt, mit *welchem* Nahrungsmittel ihr das Morphium zugeführt worden war?«
»Ich verstehe nicht ganz.«
»Das Morphium konnte in der Fischpaste oder im Brot oder in der Butter oder im Tee, oder in der Milch, die dem Tee hinzugefügt wurde, gewesen sein?«
»Gewiß.«
»Es wies also nichts darauf hin, daß das Morphium eher in der Fischpaste war als in einem der anderen Nahrungsmittel?«
»Nein.«
»Und tatsächlich hätte das Morphium auch separat genommen worden sein können – das heißt, es hätte einfach in seiner Tablettenform geschluckt werden können?«
»Natürlich.«
Inspektor Brill hatte den Eid mit der gewohnten Routine abgelegt, und leierte nun seine Aussage herunter.
»Ins Haus gerufen ... Die Angeklagte sagte: ›Es muß schlechte Fischpaste gewesen sein‹ ... Durchsuchung an Ort und Stelle ... ein ausgewaschenes Glas von der Fischpaste stand auf dem Abtropfbrett in der Anrichte, ein zweites halb voll ... weitere Suche in der Anrichte ...«
»Was fanden Sie?«
»In einer Bodenritze hinter dem Tisch fand ich ein winziges Stück Papier.«
Das Beweisstück wurde den Geschworenen gereicht.

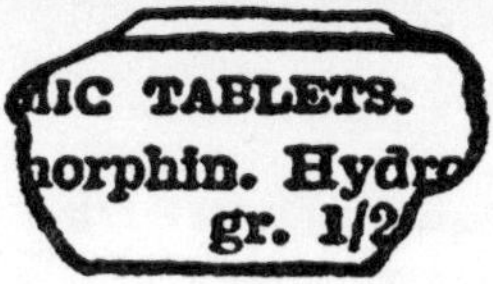

»Wofür hielten Sie es?«
»Für ein von einem Etikett abgerissenes Fetzchen.«
Der Verteidiger erhob sich ganz gemächlich.
»Sie fanden dieses Stückchen in einer Ritze auf dem Boden?«
»Ja.«
»Fanden Sie den Rest dieses Etiketts?«
»Nein.«
»Sie fanden auch nicht irgendein Glasröhrchen oder Fläschchen, an dem dieses Etikett hätte befestigt sein können?«
»Nein.«
»Wie war der Zustand jenes Stückchens Papier, als Sie es fanden? War es sauber oder schmutzig?«
»Es war ganz frisch.«
»Wie meinen Sie das, ›ganz frisch‹?«
»Es war ein wenig Staub vom Fußboden darauf, aber sonst war es ganz sauber.«
»Es konnte nicht längere Zeit dort gelegen haben?«
»Nein, es muß ganz kürzlich dort hingekommen sein.«
»Sie würden also sagen, daß es erst an dem Tag, da Sie es fanden, hingekommen ist – nicht früher?«
»Ja.«
Mit einem Brummen setzte Sir Edwin sich.

Schwester Hopkins trat als Zeugin vor, mit rotem Gesicht und selbstgerecht dreinschauend.
»Ihr Name ist Jessie Hopkins?«
»Ja.«

»Wo waren Sie am 28. Juni?«
»Ich war in Hunterbury Hall.«
»Sie waren geholt worden?«
»Ja. Mrs. Welman hatte einen Schlaganfall gehabt – den zweiten. Ich kam, um Schwester O'Brien zu helfen, bis eine zweite Pflegerin gefunden war.«
»Nahmen Sie ein kleines Köfferchen mit?«
»Ja.«
»Sagen Sie den Geschworenen, was darin war.«
»Verbandszeug, eine Spritze und verschiedene Arzneimittel, unter anderem ein Röhrchen mit *Morphium Hydrochlorid.*«
»Wofür war das gedacht?«
»Eine Patientin im Dorf bekam morgens und abends Morphium.«
»Wieviel war in dem Röhrchen?«
»Es waren zwanzig Tabletten, jede zu 0,02 Gramm Morphium.«
»Was taten Sie mit Ihrem Köfferchen?«
»Ich stellte es in der Halle ab.«
»Das war am Abend des 28. Juni. Wann schauten Sie wieder in den Koffer?«
»Am folgenden Morgen, etwa um neun Uhr, als ich mich fertig machte, das Haus zu verlassen.«
»Fehlte etwas?«
»Das Röhrchen mit Morphium fehlte.«
»Erwähnten Sie diesen Verlust irgend jemandem gegenüber?«
»Ich sagte es Schwester O'Brien, der Pflegerin der Patientin.«
»Der Koffer stand in der Halle, wo jeder Zugang zu ihm hatte?«
»Ja.«
Sir Samuel machte eine Pause. Dann sagte er:
»Sie kannten die verstorbene Mary Gerrard gut?«
»Ja.«

»Was für einen Eindruck hatten Sie von ihr?«
»Sie war ein sehr liebes Mädel – ein braves Mädel.«
»Gab es zur Zeit ihres Todes irgend etwas, das sie quälte oder ihr Sorgen machte?«
»Nichts.«
»Sie hätte also keinen Grund gehabt, sich das Leben zu nehmen?«
»Gar keinen Grund.«
So ging es weiter und weiter ... Wie Schwester Hopkins Mary zum Pförtnerhaus begleitet hatte, Elinors Erscheinen, ihre offensichtliche Erregung, die Einladung zu belegten Broten, der Teller, der zuerst Mary angeboten wurde. Elinors Vorschlag, alles abzuwaschen und ihr weiterer Vorschlag, zusammen mit Schwester Hopkins die Kleider für die Bedürftigen herauszusuchen.
Elinor dachte: Ja, es ist alles wahr – und sie ist sicher, daß ich es getan habe. Und jedes Wort, das sie sagt, ist die Wahrheit – das ist so schrecklich! Es ist alles wahr.
Wieder sah sie unter den Zuschauern das Gesicht von Hercule Poirot, der sie nachdenklich – beinahe gütig und wissend anschaute ...
Der Karton, auf den das Stückchen Etikett geklebt war, wurde der Zeugin gereicht.
»Wissen Sie, was das ist?«
»Es ist ein Stück von einem Etikett.«
»Können Sie den Geschworenen sagen, von welchem Etikett?«
»Ja – es ist ein Stück von einem Etikett von einem Röhrchen mit Tabletten. Morphium-Tabletten zu 0,02 Gramm. Ein solches Röhrchen ist mir abhanden gekommen.«
»Sie sind dessen sicher?«
»Natürlich bin ich mir sicher.«
»Hat es irgendein besonderes Kennzeichen, daß Sie es als Etikett des verlorenen Röhrchens identifizieren können?«

»Nein, Mylord, aber es muß dasselbe sein.«
»Tatsächlich können Sie nur sagen, daß es genauso aussieht?«
»Nun ja, das meine ich.«
Das Gericht vertagte sich.

22

Am nächsten Verhandlungstag nahm Sir Edwin Bulmer Schwester Hopkins ins Kreuzverhör. Jetzt war er durchaus nicht mehr verbindlich. Er sagte scharf:
»Dieses Köfferchen, von dem wir soviel gehört haben – blieb es am 28. Juni die ganze Nacht in der großen Halle von Hunterbury stehen?«
»Ja.«
»War wohl etwas nachlässig von Ihnen, nicht?«
Schwester Hopkins wurde rot.
»Nun ja, das stimmt.«
»Ist es Ihre Gewohnheit, gefährliche Drogen herumliegen zu lassen, wo jeder dran kann?«
»Nein, natürlich nicht!«
»Oh, wirklich nicht? Aber bei dieser Gelegenheit taten Sie es?«
»Ja.«
»Und es ist Tatsache, nicht, daß jeder im Haus das Morphium nehmen konnte, wenn er wollte?«
»Ich denke, ja.«
»Da gibt es kein ›denken‹! Es ist doch so, nicht?«
»Nun – ja.«
»Es war also nicht nur Miss Carlisle zugänglich, sondern jeder der Diener hätte es nehmen können. Oder Dr. Lord. Oder Mr. Roderick Welman. Oder Schwester O'Brien. Oder Mary Gerrard selbst.«
»Ich denke, ja.«

»Es ist so, nicht?«
»Ja.«
»Wußte jemand, daß Sie Morphium in dem Koffer hatten?«
»Ich weiß nicht.«
»Nun, sprachen Sie darüber zu irgend jemandem?«
»Nein.«
»Also konnte Miss Carlisle gar nicht gewußt haben, daß Morphium darin war?«
»Sie konnte nachgeschaut haben.«
»Das ist doch sehr unwahrscheinlich, nicht?«
»Ich weiß wahrhaftig nicht.«
Sir Edwin machte eine kleine Pause. Dann fuhr er fort:
»Sie erzählten Schwester O'Brien am Morgen, daß Sie das Morphium vermißten?«
»Ja.«
»Ich behaupte, was Sie wirklich sagten, war: ›Ich habe das Morphium zu Hause gelassen. Ich werde zurückgehen müssen, es holen.‹«
»Nein, das habe ich nicht gesagt.«
»Sie sprachen nicht die Vermutung aus, daß das Morphium auf dem Kaminsims in Ihrer Wohnung zurückgeblieben sei?«
»Nun, als ich es nicht finden konnte, dachte ich, daß ich es dort vergessen haben könnte.«
»Tatsächlich haben Sie nicht gewußt, was Sie damit getan hatten!«
»Doch, ich wußte, daß ich es in den Koffer getan hatte.«
»Warum sprachen Sie dann am Morgen des 29. Juni die Vermutung aus, Sie hätten es zu Hause gelassen?«
»Weil ich dachte, ich könnte das getan haben.«
»Ich sage Ihnen, Sie sind eine sehr nachlässige Person.«
»Das ist nicht wahr.«
»Sie geben manchmal recht ungenaue Darstellungen, nicht?«
»Durchaus nicht. Ich gebe sehr acht, was ich sage.«

»Machten Sie eine Bemerkung über einen Stich von einer Rose am 27. Juli – dem Tag von Mary Gerrards Tod?«
»Ich sehe nicht, was das damit zu tun hat!«
Der Richter fragte:
»Gehört das zur Sache, Sir Edwin?«
»Ja, Mylord, es ist ein wichtiger Bestandteil der Verteidigung, und ich beabsichtige, Zeugen beizubringen, die beweisen werden, daß diese Aussage eine Lüge war.«
Er wandte sich wieder der Pflegerin zu. »Behaupten Sie noch immer, daß Sie sich am 27. Juli Ihr Handgelenk am Dorn eines Rosenstrauchs stachen?«
»Ja.«
Schwester Hopkins schaute ihn jetzt herausfordernd an.
»Wann war das?«
»Am Morgen des 27. Juli, gerade als ich das Pförtnerhaus verließ und zur Villa hinaufgehen wollte.«
Sir Edwin sagte skeptisch:
»Und was für Rosen waren das?«
»Die Kletterrose beim Pförtnerhaus, mit rosa Blüten.«
»Sie sind dessen sicher?«
»Ich bin ganz sicher.«
Sir Edwin machte eine Pause, dann fragte er:
»Sie bleiben bei Ihrer Behauptung, daß das Morphium im Handkoffer war, als Sie am 28. Juni nach Hunterbury kamen?«
»Jawohl, ich hatte es bei mir.«
»Und wie, wenn nachher Schwester O'Brien unter Eid aussagt, daß Sie vermutet hätten, es zu Hause gelassen zu haben?«
»Es war in meinem Koffer; ich bin dessen sicher.«
Sir Edwin seufzte.
»Sie waren gar nicht beunruhigt über das Verschwinden des Morphiums?«
»Nein – nicht beunruhigt.«

»Ah, also waren Sie ganz ruhig, trotz der Tatsache, daß eine große Menge einer gefährlichen Droge verschwunden war?«
»Ich dachte zu jener Zeit nicht daran, daß jemand es genommen haben könnte.«
»Ich verstehe. Sie konnten sich gerade im Augenblick nicht erinnern, was Sie damit getan hatten?«
»Durchaus nicht. Es war im Koffer.«
»Und Sie sind überhaupt nicht unruhig – und melden den Verlust offiziell nicht?«
»Ich dachte, es sei alles in Ordnung.«
»Ich sage Ihnen, daß, wenn das Morphium wirklich so verschwunden wäre, Sie als gewissenhafte Person verpflichtet gewesen wären, den Verlust offiziell zu melden.«
Schwester Hopkins, sehr rot im Gesicht:
»Nun, ich tat es eben nicht.«
»Das war sicher ein schwerwiegendes Versäumnis Ihrerseits! Sie scheinen Ihre Verantwortung nicht sehr ernst zu nehmen. Haben Sie schon oft diese gefährlichen Drogen verlegt?«
»Es ist noch nie passiert.«
So ging das noch einige Minuten weiter. Schwester Hopkins, verwirrt, hochrot im Gesicht, sich selbst widersprechend . . . eine leichte Beute für Sir Edwins Geschicklichkeit.
»Ist es Tatsache, daß am Donnerstag, dem 6. Juli, die verstorbene Mary Gerrard ein Testament machte?«
»Ja.«
»Warum tat sie das?«
»Weil sie es für das Richtige hielt. Und das war es auch.«
»Ist dies das Testament? Unterzeichnet von Mary Gerrard, als Zeugen Emily Biggs und Roger Wade, Konditorei-Angestellte, alles, was sie bei ihrem Tode besaß, Mary Riley, Schwester von Elise Riley, hinterlassend?«
»Das ist richtig.«

Es wurde den Geschworenen gereicht.
»Hatte Mary Gerrard Ihres Wissens viel Besitz zu hinterlassen?«
»Damals nicht.«
»Aber sie sollte binnen kurzem etwas bekommen? Ist es nicht Tatsache, daß eine beträchtliche Summe – zweitausend Pfund – Mary von Miss Carlisle geschenkt wurde?«
»Ja.«
»Es bestand kein Zwang für Miss Carlisle, das zu tun? Es war reine Großmut ihrerseits?«
»Sie tat es aus freiem Willen, ja.«
»Aber sicherlich hätte sie, wenn sie Mary Gerrard, wie behauptet wird, gehaßt hätte, ihr doch nicht aus freien Stükken eine so große Summe Geldes gegeben.«
»Man kann nicht wissen, wie es sich damit verhält.«
»Was meinen Sie mit dieser Antwort?«
»Ich meine gar nichts.«
»Ganz richtig. Nun, hatten Sie im Ort reden gehört über Mary Gerrard und Mr. Roderick Welman?«
»Er war verliebt in sie.«
»Haben Sie irgendeinen Beweis dafür?«
»Ich hab es eben gewußt, das ist alles.«
»Ah – Sie ›haben‹ es eben gewußt. Das ist nicht sehr überzeugend für die Geschworenen, fürchte ich. Haben Sie eigentlich mal gesagt, daß Mary nichts mit ihm zu tun haben wollte, weil er mit Miss Elinor verlobt war, und daß sie ihm das in London gesagt habe?«
»Das hat sie mir erzählt.«
Sir Samuel Attenbury nahm das Verhör auf.
»Als Mary Gerrard mit Ihnen die Abfassung des Testamentes besprach, schaute da die Angeklagte zum Fenster herein?«
»Jawohl.«
»Was sagte sie?«
»Sie sagte, ›Sie machen also Ihr Testament, Mary. Das ist komisch‹. Und sie lachte. Lachte und lachte. Und meiner

Meinung nach«, fügte die Zeugin bösartig hinzu, »kam ihr in diesem Augenblick die Idee. Die Idee, das Mädel aus dem Weg zu räumen! In diesem Augenblick dachte sie an Mord.«

Der Richter sagte scharf:

»Beschränken Sie sich darauf, die Fragen zu beantworten, die an Sie gerichtet werden. Der letzte Teil der Antwort ist aus dem Protokoll zu streichen . . .«

Elinor dachte: Wie seltsam . . . Wenn jemand sagt, was wahr ist, streichen sie's aus . . . – Sie hätte beinahe hysterisch gelacht.

Schwester O'Brien machte ihre Aussage.

»Teilte Schwester Hopkins Ihnen am Morgen des 29. Juni etwas mit?«

»Ja. Sie sagte, aus ihrem Koffer fehle ein Röhrchen mit Morphium.«

»Was taten Sie?«

»Ich half ihr, danach zu suchen.«

»Aber Sie konnten es nicht finden?«

»Nein.«

»Ihres Wissens hatte der Koffer über Nacht in der Halle gestanden?«

»Ja.«

»Mr. Welman und die Angeklagte waren beide im Haus zur Zeit von Mrs. Welmans Tod – in der Nacht vom 28. zum 29. Juni?«

»Ja.«

»Wollen Sie uns von einem Zwischenfall erzählen, der am 29. Juni stattfand – dem Tag nach Mrs. Welmans Tod?«

»Ich sah Mr. Roderick Welman mit Mary Gerrard. Er sagte ihr, daß er sie liebe, und versuchte, sie zu küssen.«

»Er war zu der Zeit mit der Angeklagten verlobt?«

»Ja. Mary sagte ihm, er solle sich schämen, wo er doch mit Miss Elinor verlobt sei!«

»Wie waren Ihrer Meinung nach die Gefühle der Angeklagten Mary Gerrard gegenüber?«
»Sie haßte sie. Sie schaute ihr nach, als würde sie sie am liebsten umbringen.«
Sir Edwin sprang auf.
»Ist es nicht Tatsache, daß Schwester Hopkins sagte, sie glaube, das Morphium zu Hause gelassen zu haben?«
»Also sehen Sie, es war so; nachdem –«
»Beantworten Sie freundlichst meine Frage! Sagte sie nicht, sie habe das Morphium wahrscheinlich zu Hause gelassen?«
»Ja.«
»Sie war damals nicht wirklich beunruhigt darüber?«
»Nein, damals nicht.«
»Weil sie dachte, sie habe es zu Hause gelassen. Also war sie natürlich nicht unruhig.«
»Sie konnte sich nicht vorstellen, daß jemand es genommen habe.«
»Richtig. Es war erst nach Mary Gerrards Tod durch Morphium, daß ihre Einbildungskraft zu arbeiten begann.«
Der Richter unterbrach ihn.
»Ich denke, Sir Edwin, daß Sie diesen Punkt schon mit der früheren Zeugin geklärt haben.«
»Wie es Eurer Lordschaft beliebt.«
»Nun, was die Haltung der Angeklagten Mary Gerrard gegenüber betrifft: Es gab niemals irgendeinen Streit zwischen ihnen?«
»Keinen Streit, nein.«
»Miss Carlisle war immer ganz nett zu dem Mädchen?«
»Ja. Es war die Art, wie sie sie anschaute.«
»Ja – ja – ja. Aber an so etwas können wir uns nicht halten. Sie sind Irin, nicht wahr?«
»Das bin ich.«
»Und die Iren haben eine ziemlich lebhafte Einbildungskraft, nicht?«
Schwester O'Brien rief erregt:

»Jedes Wort, das ich Ihnen gesagt habe, ist die Wahrheit.«

Mr. Abbott, der Kaufmann, tritt in den Zeugenstand. Verwirrt – seiner selbst nicht sicher (doch angenehm erregt angesichts seiner eigenen Wichtigkeit). Seine Aussage ist kurz. Der Kauf von zwei Gläsern Fischpaste. Die Angeklagte habe von Fischvergiftungen nach dem Genuß dieser Pasten gesprochen. Sie schien erregt und seltsam. Kein weiteres Verhör.

23

Elinor beantwortete Sir Edwins Fragen mit leiser Stimme. Der Richter beugte sich vor und sagte ihr, sie möge lauter sprechen ...
Sir Edwin sprach sanft und ermutigend – er stellte alle Fragen, zu denen sie die Antworten einstudiert hatte.
»Sie hatten Roderick Welman gern?«
»Sehr gern. Er war mir wie ein Bruder – oder ein Vetter. Ich dachte immer an ihn als einen Vetter.«
»Die Verlobung ... sozusagen hineingetrieben ... sehr nett, jemanden zu heiraten, den man sein Leben lang gekannt hatte ...
»Vielleicht nicht, was man eine leidenschaftliche Angelegenheit nennen könnte?«
(Leidenschaftlich? Oh, Roddy ...)
»Nun nein ... sehen Sie, wir kannten uns doch so gut ...«
»War nach dem Tod von Mrs. Welman eine leise Spannung zwischen Ihnen?«
»Ja, so war es.«
»Wie erklärten Sie sich das?«
»Ich denke, es war teilweise das Geld.«
»Das Geld?«

»Ja. Es war Roderick unangenehm. Er dachte, die Leute könnten glauben, er heirate mich deswegen . . .«
»Die Verlobung wurde nicht wegen Mary Gerrard gelöst?«
»Ich dachte wohl, daß Roderick etwas verliebt in sie war, aber ich hielt es nicht für etwas Ernstes.«
»Wären Sie bestürzt gewesen, wenn das der Fall gewesen wäre?«
»O nein. Ich hätte es nur für nicht recht passend gehalten, das ist alles.«
»Also, Miss Carlisle: Nahmen Sie am 28. Juni ein Röhrchen mit Morphium aus Schwester Hopkins' Handkoffer, oder taten Sie das nicht?«
»Ich tat es nicht.«
»Haben Sie je Morphium in Ihrem Besitz gehabt?«
»Nie.«
»Wußten Sie, daß Ihre Tante kein Testament gemacht hatte?«
»Nein. Es überraschte mich sehr.«
»Hatten Sie den Eindruck, daß sie sich bemühte, am Abend des 28. Juni Ihnen einen Wunsch mitzuteilen, ehe sie starb?«
»Ich begriff, daß sie für Mary Gerrard nicht vorgesorgt hatte und sehr wünschte, es zu tun.«
»Und um ihren Wunsch zu erfüllen, waren Sie bereit, dem Mädchen eine bestimmte Summe Geld zu überschreiben?«
»Ja. Ich wollte in Tante Lauras Sinn handeln, und ich war auch dankbar für die Freundlichkeit, die Mary meiner Tante erwiesen hatte.«
»Kamen Sie am 26. Juli von London nach Maidensford und stiegen im ›Löwen‹ ab?«
»Ja.«
»Was war der Zweck Ihres Aufenthalts?«
»Ich hatte ein Angebot für das Haus, und der Käufer wollte so rasch wie möglich einziehen. Ich mußte die per-

sönlichen Sachen meiner Tante durchsehen und überhaupt ganz allgemein Ordnung machen.«

»Kauften Sie am 27. Juli auf Ihrem Weg ins Haus Lebensmittel ein?«

»Ja. Ich dachte, es wäre einfacher, dort einen kalten Lunch zu nehmen, als extra zum Essen ins Dorf zurückzugehen.«

»Gingen Sie dann weiter ins Haus und sortierten die persönlichen Sachen Ihrer Tante?«

»Jawohl.«

»Und nachher?«

»Dann ging ich in den Anrichteraum und machte einige Brote zurecht, und darauf zum Pförtnerhaus. Ich lud die Gemeindeschwester und Mary Gerrard ein, zu mir heraufzukommen.«

»Warum taten Sie das?«

»Ich wollte ihnen den heißen Weg ins Dorf und wieder zurück zum Pförtnerhaus ersparen.«

»Es war tatsächlich eine natürliche und freundliche Haltung Ihrerseits. Nahmen sie die Einladung an?«

»Ja. Sie gingen mit mir zum Haus hinauf.«

»Wo waren die Brote, die Sie hergerichtet hatten?«

»Ich hatte sie in der Anrichte auf einem Teller stehengelassen.«

»War das Fenster offen?«

»Ja.«

»Jeder konnte in die Anrichte hinein, während Sie fort waren?«

»Gewiß.«

»Wenn jemand Sie von außen beobachtet hätte, während Sie die Brote schmierten, was hätte er gedacht?«

»Vermutlich, daß ich einen kalten Lunch herrichte.«

»Er konnte nicht wissen, daß jemand mit Ihnen essen würde?«

»Nein. Die Idee, die beiden einzuladen, kam mir erst, als ich sah, daß ich mehr Brote gemacht hatte, als ich selber essen konnte.«

»Wenn also jemand während Ihrer Abwesenheit ins Haus gekommen wäre und Morphium auf eines dieser Brote gegeben hätte, so wäre das ein Versuch gewesen, Sie zu vergiften?«
»Nun ja, freilich.«
»Was geschah, als Sie alle ins Haus zurückkamen?«
»Wir gingen ins Frühstückszimmer. Ich holte die Brote und reichte sie den beiden andern.«
»Tranken Sie etwas mit ihnen?«
»Ich trank Wasser. Es war Bier da, aber Schwester Hopkins und Mary zogen Tee vor. Schwester Hopkins ging in die Anrichte und kochte ihn. Sie brachte ihn auf einem Tablett herein, und Mary goß ihn ein.«
»Tranken Sie davon?«
»Nein.«
»Aber Mary Gerrard und Schwester Hopkins tranken beide Tee?«
»Ja.«
»Was geschah dann?«
»Schwester Hopkins ging hinaus, um das Gas abzudrehen.«
»Und ließ Sie mit Mary Gerrard allein?«
»Ja.«
»Was geschah dann?«
»Nach ein paar Minuten nahm ich das Tablett und den Sandwichteller und trug sie in die Anrichte. Schwester Hopkins war dort, und wir wuschen zusammen ab.«
»Hatte Schwester Hopkins damals ihre Manschetten abgelegt?«
»Ja, sie wusch das Geschirr, während ich abtrocknete.«
»Machten Sie eine Bemerkung zu ihr über einen Kratzer an ihrem Handgelenk?«
»Ich fragte sie, ob sie sich gestochen habe.«
»Was erwiderte sie?«
»Sie sagte: ›An der Kletterrose am Pförtnerhaus.‹«
»In welcher Verfassung war sie damals?«

»Ich glaube, sie litt sehr unter der Hitze. Sie schwitzte, und ihr Gesicht hatte eine grünliche Färbung.«
»Was geschah nachher?«
»Wir gingen hinauf, und sie half mir beim Aussortieren der Sachen meiner Tante.«
»Wie lange dauerte es, bis Sie wieder hinuntergingen?«
»Es muß eine Stunde später gewesen sein.«
»Wo war Mary Gerrard während dieser Zeit?«
»Sie saß im Frühstückszimmer. Sie atmete sehr merkwürdig und schien bewußtlos. Auf Schwester Hopkins' Weisung hin rief ich den Doktor an. Er kam kurz bevor Mary starb.«
Sir Edwin nahm eine feierliche Positur ein.
»Miss Carlisle, haben Sie Mary Gerrard getötet?«
(Das ist Ihr Stichwort! Kopf hoch, Augen geradeaus!)
»Nein!«

Sir Samuel Attenbury. Herzklopfen. Jetzt – jetzt war sie einem Feind ausgeliefert! Keine Milde mehr, keine Fragen, auf die sie die Antwort schon kannte!
Doch er begann ganz sanft.
»Wie Sie uns gesagt haben, waren Sie mit Mr. Roderick Welman verlobt?«
»Ja.«
»Sie hatten ihn gern?«
»Sehr gern.«
»Ich behaupte, daß Sie leidenschaftlich verliebt waren in Roderick Welman und rasend vor Eifersucht auf Mary Gerrard.«
»Nein.« (Klang das auch genügend?)
Sir Samuel sagte drohend:
»Ich behaupte, daß Sie planten, dieses Mädchen aus dem Weg zu räumen, in der Hoffnung, daß Roderick Welman dann zu Ihnen zurückkehren würde.«
»Gewiß nicht.« (Geringschätzig – ein wenig müde. Das war besser.)

Die Fragen gingen weiter. Es war wie in einem Traum ... einem schlechten Traum ...
Und dann war es endlich vorüber ... Der schreckliche Mann mit der krummen Nase setzte sich. Und die freundliche, milde Stimme von Sir Edwin Bulmer stellte noch ein paar Fragen. Leichte, gute Fragen, dazu bestimmt, einen etwaigen schlechten Eindruck, den sie im Kreuzverhör gemacht haben mochte, zu verwischen ...
Nun saß sie wieder auf der Anklagebank. Schaute die Geschworenen an, fragte sich ...

Roddy – Roddy stand da, blinzelte ein wenig, das alles war ihm so zuwider. Roddy sah – irgendwie – nicht wirklich aus.
Was fragte Sir Edwin da?
»Würden Sie uns bitte sagen, wie Miss Carlisles Gefühle für Sie waren?«
Roddy antwortete mit seiner angemessenen Stimme:
»Ich denke, sie empfand eine warme Zuneigung für mich, war aber keineswegs leidenschaftlich in mich verliebt.«
»Sie waren mit Ihrer Verlobung zufrieden?«
»Oh, vollkommen. Wir hatten sehr viel Gemeinsames.«
»Möchten Sie den Geschworenen sagen, Mr. Welman, warum eigentlich diese Verlobung gelöst wurde?«
»Nun, nachdem Mrs. Welman gestorben war, kamen wir sozusagen mit einem Ruck zur Besinnung. Mir sagte der Gedanke, eine reiche Frau zu heiraten, wo ich keinen Penny hatte, nicht recht zu. Tatsächlich lösten wir die Verlobung in gegenseitigem Einverständnis. Wir fühlten uns beide ziemlich erleichtert.«
»Nun, wollen Sie uns sagen, wie Ihre Beziehungen zu Mary Gerrard waren?«
(Ach, Roddy, armer Roddy, wie verhaßt muß dir all das sein!)
»Ich fand sie sehr schön.«
»Waren Sie in sie verliebt?«

»Ein klein wenig.«
»Wann sahen Sie sie zum letzten Mal?«
»Lassen Sie mich überlegen – es muß am 5. oder 6. Juli gewesen sein.«
Sir Edwins Stimme hatte plötzlich etwas Stählernes.
»Sie haben sie nachher noch gesehen, denke ich.«
»Nein, ich fuhr ins Ausland – nach Venedig und Dalmatien.«
»Und Sie kehrten nach England zurück – wann?«
»Als ich eine Depesche erhielt – einen Augenblick – am 1. August muß es gewesen sein.«
»Aber am 27. Juli waren Sie auch in England, denke ich.«
»Nein.«
»Mr. Welman, vergessen Sie nicht, daß Sie unter Eid aussagen! Ist es nicht Tatsache, daß Ihr Paß ausweist, daß Sie am 25. Juli nach England zurückkehrten und es am Abend des 27. wieder verließen?«
Sir Edwins Stimme hatte einen leicht drohenden Unterton. Elinor wurde in die Wirklichkeit zurückgerissen. Warum bedrohte der Verteidiger seinen eigenen Zeugen? Roderick war ziemlich blaß geworden. Er schwieg eine Weile, dann sagte er mit einiger Überwindung:
»Nun ja, so ist es.«
»Suchten Sie am 25. Juli Mary Gerrard in London in ihrer Wohnung auf?«
»Ja.«
»Machten Sie ihr einen Heiratsantrag?«
»Ach – hm – ja.«
»Wie war ihre Antwort?«
»Sie lehnte ab.«
»Sie sind kein reicher Mann, Mr. Welman?«
»Nein.«
»Sie haben sogar ziemlich viele Schulden?«
»Was geht das Sie an?«
»War Ihnen nicht bekannt, daß Miss Carlisle ein Testament zu Ihren Gunsten gemacht hat?«

»Das ist das erste Mal, daß ich das höre.«
»Waren Sie am Vormittag des 27. Juli in Maidensford?«
»Nein.«
Sir Edwin setzte sich.

Alfred James Wargrave.
»Sie sind Rosenzüchter und leben in Emsworth in Berkshire?«
»Ja.«
»Kamen Sie am 20. Oktober nach Maidensford und untersuchten die Rosen, die am Pförtnerhaus in Hunterbury Hall wachsen?«
»Jawohl.«
»Würden Sie diese Rose bitte näher beschreiben?«
»Es ist eine Kletterrose – Zephyrine Droughin. Sie hat eine süßduftende rosa Blüte und keine Dornen.«
»Es wäre alo unmöglich, sich an einer solchen Rose zu stechen?«
»Es wäre ganz unmöglich, sie hat ja keine Dornen.«
Kein Kreuzverhör.

»Sie sind James Arthur Littledale, geprüfter Apotheker und Angesteller der chemischen Firma Jenkins & Hale?«
»Jawohl.«
»Wollen Sie uns sagen, was es mit diesem Stückchen Papier auf sich hat?«
Das Beweisstück von vorhin wurde ihm ausgehändigt.
»Es ist ein Stückchen von einem unserer Etiketten.«
»Welcher Art Etikett?«
»Von einem Etikett, wie wir sie an den Röhrchen mit Morphium anbringen.«
»Ist das Stückchen groß genug, um mit Bestimmtheit zu sagen, welche Droge in dem Röhrchen war, an dem das Etikett befestigt war?«
»Ja. Ich kann bestimmt sagen, daß das fragliche Röhr-

chen Tabletten von *Apomorphin Hydrochlorid* zu 0,02 Gramm enthielt.«
»Nicht *Morphium Hydrochlorid*?«
»Nein, das ist ausgeschlossen.«
»Warum?«
»Auf so einem Röhrchen würde das Wort ›Morphium‹ mit einem großen ›M‹ geschrieben. Das Ende der Linie von dem ›m‹ hier – das zeigt sich unter dem Vergrößerungsglas deutlich – ist Teil von einem kleinen ›m‹, nicht von einem großen ›M‹.«
»Bitte, lassen Sie es die Geschworenen selbst sehen. Haben Sie Etiketten hier, um zu verdeutlichen, was Sie meinen?«
Die Etiketten wurden den Geschworenen übergeben.
Sir Edwin sprach weiter:
»Sie sagen, es ist von einem Röhrchen mit *Apomorphin Hydrochlorid*? Was ist das eigentlich?«
»Die chemische Formel ist C_{17} H_{17} O_2. Es wird durch einen chemischen Prozeß aus Morphium gewonnen.«
»Was sind die speziellen Eigenschaften von Apomorphin?«
»Apomorphin ist das schnellstwirkende und stärkste bekannte Brechmittel, es wirkt innerhalb weniger Minuten.«
»Wenn also jemand eine tödliche Dosis Morphium geschluckt hätte und sich einige Minuten danach eine Dosis Apomorphin injizieren würde, was würde geschehen?«
»Er würde beinahe sofort erbrechen.«
»Wenn also zwei Personen vom selben Brotteller essen oder aus derselben Kanne Tee trinken würden und eine davon sich eine Dosis Apomorphin injizieren würde, was wäre die Folge, angenommen, das Essen oder Getränk hätte Morphium enthalten?«
»Das Essen oder Getränk würde zusammen mit dem Morphium von der Person erbrochen werden, die sich das Apomorphin injiziert hätte.«

»Und diese Person würde keine üblen Folgen spüren?«
»Nein.«
Eine Welle der Erregung lief plötzlich durch den Zuschauerraum, so daß der Richter um Ruhe bitten mußte.

»Sie sind Amelia Sedley und leben in Boonamba in Auckland?«
»Ja.«
»Kennen Sie Mrs. Draper?«
»Ja. Ich kenne sie seit mehr als zwanzig Jahren.«
»Kennen Sie ihren Mädchennamen?«
»Ja. Ich war auf ihrer Hochzeit. Ihr Mädchenname war Mary Riley.«
»Ist sie in Neuseeland geboren?«
»Nein, sie kam aus England.«
»Sie haben von Anfang an die Verhandlung verfolgt?«
»Jawohl.«
»Haben Sie diese Mary Riley oder Draper vor Gericht gesehen?«
»Ja.«
»Wo haben Sie sie gesehen?«
»Sie hat als Zeugin hier ausgesagt.«
»Unter welchem Namen?«
»Jessie Hopkins.«
»Und sind Sie ganz sicher, daß diese Jessie Hopkins die Frau ist, die Sie als Mary Riley oder Draper kennen?«
»Daran besteht überhaupt kein Zweifel.«
Leichte Unruhe hinten im Zuschauerraum.
»Wann haben Sie Mary Draper zuletzt gesehen?«
»Vor fünf Jahren. Da fuhr sie nach England.«
Sir Edwin sagte mit einer Verbeugung:
»Ihre Zeugin.«
Der Staatsanwalt fragte bestürzt:
»Ich meine, Mrs. – Sedley, daß Sie sich vielleicht irren.«

»Ich irre mich nicht.«
»Sie können durch eine zufällige Ähnlichkeit irregeführt worden sein.«
»Ich kenne Mary Draper sehr gut.«
»Schwester Hopkins ist eine qualifizierte Gemeindeschwester.«
»Mary Draper war vor ihrer Heirat Krankenschwester.«
»Sie verstehen, nicht wahr, daß Sie eine Kronzeugin des Meineids beschuldigen?«
»Ich weiß, was ich sage.«

»Edward John Marshall, Sie haben einige Jahre in Auckland, Neuseeland, gelebt und leben jetzt in Deptford?«
»Das ist richtig.«
»Kennen Sie Mrs. Draper?«
»Ich kannte sie in Neuseeland.«
»Haben Sie sie heute hier im Gerichtshof gesehen?«
»Jawohl. Sie nannte sich Hopkins, aber es war schon Mrs. Draper.«
Der Richter hob den Kopf. Er sprach mit klarer Stimme:
»Es wäre wünschenswert, denke ich, nochmals die Zeugin Jessie Hopkins aufzurufen.«
Eine Pause, ein Gemurmel.
»Eure Lordschaft, Jessie Hopkins hat vor ein paar Minuten den Gerichtssaal verlassen.«

»Hercule Poirot.«
Hercule Poirot trat vor, legte den Eid ab, drehte seinen Schnurrbart und wartete, den Kopf ein wenig zur Seite geneigt. Er gab Namen, Adresse und Beruf an.
»Monsieur Poirot, erkennen Sie dieses Dokument?«
»Gewiß.«
»Wie kam es in Ihren Besitz?«
»Es wurde mir von der Gemeindeschwester Jessie Hopkins übergeben.«
Sir Edwin sagte:

»Mit Ihrer Erlaubnis, Mylord, werde ich das hier vorlesen, dann kann es den Geschworenen übergeben werden.«

24

Es war Sir Edwins großer Tag – und eins seiner besten Plädoyers. Er vergaß nichts: Mary Gerrard, uneheliche Tochter von Mrs. Welman, daher Haupterbin. Jessie Hopkins, eigentlich Mary Riley-Draper, Tante der Mary Gerrard, geldgierig und skrupellos. Der Mord an Mary Gerrard von ihr raffiniert geplant: Morphium-Apomorphin – angebliche Verletzung an (dornenloser) Rose. Das alles sagte er natürlich nicht so direkt, sondern baute viele juristisch notwendige Wenns und Abers ein, aber die Geschworenen begriffen auch so – und das war schließlich die Hauptsache.
»Es obliegt mir nicht, über die Beweise gegen eine andere Person zu urteilen, sondern nur aufzuzeigen, daß diese andere Person die gleiche Gelegenheit und einen viel stärkeren Motivgrund zum Mord hatte.
Von diesem Standpunkt aus gesehen, meine Herren Geschworenen, sage ich Ihnen, daß die Anklage gegen Elinor Carlisle in sich zusammenfällt.«

Elinor wurde in den Gerichtssaal zurückgeführt.
Die Geschworenen traten ein.
»Meine Herren Geschworenen, haben Sie Ihr Urteil gefällt?«
»Ja.«
»Schauen Sie die Angeklagte an und sagen Sie, ob sie schuldig ist oder nicht schuldig.«
»Nicht schuldig.«

25

Man hatte sie zu einem Seitentor hinausgebracht.
Sie hatte die Gesichter gesehen, die sie willkommen hießen ... Roddy, den Detektiv mit dem großen Schnurrbart ...
Aber Peter Lord war es, an den sie sich wandte.
»Ich will fort ...«
Nun saß sie mit ihm im Auto und fuhr rasch aus London hinaus.
Er sagte nichts; sie saß da in wohltuendem Schweigen.
Jede Minute führte sie weiter und weiter fort.
Ein neues Leben ...
Das war es, was sie jetzt brauchte ... Ein neues Leben.
Sie sagte plötzlich:
»Ich – ich möchte an einen Ort, wo es ruhig ist ... wo es keine Gesichter gibt ...«
»Es ist alles vorbereitet. Sie gehen in ein Sanatorium. Ein ruhiger Ort. Wunderschöne Gärten. Niemand wird Sie belästigen.«
»Ja – das ist's, was ich brauche ...«, murmelte sie.
Wohl weil er Arzt war, meinte sie, war er so verständnisvoll. So wunderbar friedlich war's hier, mit ihm zu sein, fortzukommen von all dem, von London ... an einen Ort, wo man sicher war ...
Sie wollte vergessen – alles vergessen ... Nichts von allem war noch wirklich. Es war alles fort, verschwunden, erledigt – das alte Leben und die alten Gefühle. Sie war ein neues, fremdes, schutzloses Geschöpf, ganz wund und empfindlich, das wieder von vorne anfangen mußte. Sehr fremd und sehr furchtsam ...
Aber es war tröstlich, bei Peter Lord zu sein ...
Nun waren sie aus London heraus und fuhren durch Vororte. »Es waren nur Sie – nur Sie ...«, sagte sie endlich.
»Nein, es war Hercule Poirot. Der Mensch ist eine Art Zauberer!«

Aber Elinor schüttelte den Kopf. Sie sagte hartnäckig:
»Sie waren es. Sie holten ihn und zwangen ihn, es zu tun!«
Peter grinste.
»Na gut . . .«
»Wußten Sie, daß ich es nicht getan hatte, oder waren Sie nur nicht ganz sicher?«
»Ich war nie ganz sicher«, sagte er einfach.
»Es erscheint jetzt alles so seltsam . . . wie eine Art Besessenheit. An dem Tag, als ich die Paste kaufte und die Brote zubereitete, spielte ich mit dem Gedanken: Ich tue Gift hinein und wenn sie davon ißt, wird sie sterben – und dann wird Roddy zu mir zurückkehren.«
»Es hilft manchen Leuten, sich so etwas vorzumachen. Es ist eigentlich nichts Schlechtes. Man wird es in der Phantasie los. Wie wenn man eine Krankheit ausschwitzt.«
»Ja, das ist wahr. Weil es – plötzlich – verschwand! Das Finstere meine ich! Als jene Frau die Rosen vor dem Pförtnerhaus erwähnte – kam ein plötzlicher Umschwung – in das normale Empfinden zurück . . .« Sie hielt inne und fuhr dann erschauernd fort: »Als wir nachher ins Frühstückszimmer kamen und sie war tot – oder im Sterben – da fühlte ich: Ist eigentlich viel Unterschied zwischen einen Mord denken und ihn vollbringen?«
»Und was für ein Unterschied!«
»Ja, wirklich?«
»Aber natürlich! Einen Mord denken tut doch niemandem weh. Es heißt ja nicht, einen Mord planen! Das ist es nicht. Wenn man lange genug an einen Mord denkt, kommt man plötzlich ans Ende des finsteren Tunnels und fühlt, daß das alles recht dumm ist!«
»Ach, Sie sind wirklich ein tröstlicher Mensch . . .«, rief Elinor.
Und Peter Lord erwiderte etwas unzusammenhängend:
»Aber gar nicht. Einfach gesunder Menschenverstand.«
Elinor hatte auf einmal Tränen in den Augen:

»Hie und da – im Gerichtssaal – schaute ich Sie an, das verlieh mir Mut. Sie sahen so – so alltäglich aus.«
Dann lachte sie.
»Das ist eigentlich unhöflich!«
»Ich verstehe. Wenn man mitten in einem Alptraum steckt, ist etwas Alltägliches die einzige Rettung. Überhaupt sind die alltäglichen Dinge das beste. Das habe ich immer gedacht.«
Zum ersten Mal, seit sie in das Auto gestiegen war, wandte sie den Kopf und schaute ihn an.
Der Anblick seines Gesichtes tat ihr nicht weh, wie der Anblick von Roddys Zügen ihr immer weh tat; es ließ sie nicht erbeben in Schmerz und Freude zugleich; statt dessen machte es sie warm und tröstete sie.
Sie dachte: Wie angenehm sein Gesicht ist ... angenehm und komisch – und, ja, tröstlich ...
Sie fuhren weiter.
Endlich kamen sie zu einem Gittertor und einer aufsteigenden Auffahrt, bis sie ein stilles weißes Haus am Abhang eines Hügels erreichten.
»Hier werden Sie ganz sicher sein«, sagte er.
Impulsiv legte sie ihre Hand auf seinen Arm.
»Sie – Sie werden mich besuchen?«
»Natürlich.«
»Oft?«
»So oft Sie mich haben wollen.«
»Bitte kommen Sie – sehr oft ...«, bat sie leise.

26

Hercule Poirot lächelte: »Sie sehen als mein Freund, die Lügen, die die Leute einem sagen, sind geradeso nützlich wie die Wahrheit.«
»Haben alle Sie angelogen?« fragte Peter Lord.

Hercule Poirot nickte.
»O ja! Aus dem einen oder andern Grund, verstehen Sie. Die eine Person, für die die Wahrheit eine Verpflichtung war und die es peinlich genau damit nahm – die Person gab mir am meisten Rätsel auf!«
»Elinor selbst!« murmelte Lord.
»Ganz richtig. Die Beweisführung deutete auf sie als Schuldige hin. Und sie selbst, mit ihrem empfindlichen und heiklen Gewissen, tat nichts, um diese Annahme zu zerstören. Da sie sich selbst der Absicht, wenn auch nicht der Tat beschuldigte, war sie nahe daran, den ihr widerwärtigen Kampf aufzugeben und sich eines Verbrechens für schuldig zu erklären, das sie nicht begangen hatte.«
Peter Lord seufzte erbittert auf.
»Unglaublich!«
Poirot schüttelte den Kopf.
»Gar nicht. Sie verurteilte sich selbst – weil sie an sich selbst einen strengeren Maßstab legte als ein Durchschnittsmensch!«
»Ja, so ist sie«, nickte Lord nachdenklich.
»Von dem Augenblick an, da ich meine Untersuchung begann, bestand immer die Möglichkeit, daß Elinor Carlisle des Verbrechens, dessen sie angeklagt war, auch wirklich schuldig war. Aber ich erfüllte meine Pflicht – und dabei entdeckte ich, daß auch gegen eine andere Person Verdachtsmomente bestanden.«
»Schwester Hopkins?«
»Zunächst nicht. Roderick Welman war der erste, der meine Aufmerksamkeit auf sich zog. Auch in seinem Fall fängt es mit einer Lüge an. Er behauptete mir gegenüber, daß er England am 9. Juli verlassen habe und am 1. August zurückgekehrt sei. Aber Schwester Hopkins hatte beiläufig erwähnt, daß Mary Gerrard Roderick Welman sowohl in Maidensford abgewiesen hatte, wie auch nochmals, ›als sie ihn in London sah‹. Mary Gerrard fuhr, wie Sie mir mitteilten, am 10. Juli nach London – einen Tag

nachdem Roderick Welman England verlassen hatte. Wann also hatte Mary Gerrard eine Unterredung mit Roderick Welman in London? Ich schickte meinen Einbrecher-Freund an die Arbeit und entdeckte durch Prüfung von Welmans Paß, daß er vom 25. bis 27. Juli in England gewesen war. Er hatte diesbezüglich noch dazu glatt gelogen!

Ich hatte immer jene Zeit im Auge behalten, wo die Brote auf einem Teller in der Anrichte standen, während Elinor Carlisle unten im Pförtnerhaus war. Doch war mir von Anfang an klar, daß in diesem Fall Elinor das beabsichtigte Opfer gewesen wäre, nicht Mary. Hatte Roderick einen Grund, Elinor Carlisle zu töten? Ja, einen sehr gewichtigen noch dazu. Sie hatte ein Testament gemacht, in dem sie ihm ihr gesamtes Vermögen hinterließ; und durch geschicktes Fragen entdeckte ich, daß Welman das gewußt haben konnte.«

»Und warum entschieden Sie, daß er unschuldig sei?«

»Wegen einer anderen Lüge. Einer dummen, unbedeutenden kleinen Lüge noch dazu! Schwester Hopkins sagte, sie habe ihr Handgelenk an einer Rose verletzt, an einem Dorn. Und ich ging hin, sah mir die Rosen an und *sie hatten gar keine Dornen* . . . Also war klar, daß Schwester Hopkins gelogen hatte – und die Lüge war so plump und scheinbar so sinnlos, daß sie meine Aufmerksamkeit auf sich zog.

Ich begann mir über Schwester Hopkins Gedanken zu machen. Bis dahin hatte ich sie für eine völlig glaubwürdige Zeugin gehalten, durchaus konsequent, mit starkem Vorurteil gegen die Angeklagte, das ganz natürlich aus ihrer Neigung für die Tote hervorgegangen war. Doch jetzt, nach jener dummen, sinnlosen kleinen Lüge, überdachte ich Schwester Hopkins' Aussagen noch einmal sehr genau, und da wurde mir plötzlich etwas klar: Schwester Hopkins wußte etwas über Mary Gerrard, von dem sie sehr wünschte, daß es herauskäme.«

Peter Lord sagte erstaunt:
»Ich dachte, es war umgekehrt?«
»Dem Anschein nach, ja. Sie gab eine sehr gute Darstellung von jemand, der etwas weiß und es nicht sagen will! Aber als ich das Ganze noch mal sorgfältig durchging, wurde mir klar, daß jedes Wort, das sie darüber geäußert hatte, mit dem gerade entgegengesetzten Ziel gesprochen worden war. Meine Unterredung mit Schwester O'Brien bestätigte diese Annahme. Hopkins hatte sie geschickt benützt, ohne daß Schwester O'Brien es merkte. Es war also klar, daß Schwester Hopkins eine Partie für sich spielte. Ich verglich die beiden Lügen miteinander, ihre und die von Roderick Welman. Gab es für eine von ihnen eine unschuldige Erklärung?
In Rodericks Fall antwortete ich sofort: Ja. Roderick Welman ist ein sehr sensibler Mensch. Zuzugeben, daß er nicht imstande war, seinen Plan, im Ausland zu bleiben, durchzuhalten, und sich genötigt fühlte zurückzuschleichen, um in der Nähe des Mädchens zu sein, das nichts von ihm wissen wollte, hätte seinen Stolz schwer verletzt. Da nicht die Rede davon war, daß er in der Nähe des Tatorts war, er auch nichts über die Sache wußte, ging er den Weg des geringsten Widerstandes und vermied Unannehmlichkeiten (ein höchst charakteristischer Zug!), indem er jenen eiligen Besuch in England ignorierte und einfach angab, am 1. August zurückgekehrt zu sein, als ihn die Nachricht von dem Mord erreichte.
Was nun Schwester Hopkins betrifft – gab es da auch eine unschuldige Erklärung ihrer Lüge? Je mehr ich darüber nachdachte, desto merkwürdiger erschien sie mir. *Warum* konnte Schwester Hopkins es für nötig finden zu lügen, weil sie eine Verletzung an ihrem Handgelenk hatte? Was bedeutete diese Handverletzung?
Ich begann mir ein paar Fragen zu stellen:
Wem gehörte das Morphium, das abhanden gekommen war? Schwester Hopkins.

Wer konnte jenes Morphium der alten Mrs. Welman eingeben? Schwester Hopkins.
Ja, aber warum die Aufmerksamkeit auf dessen Verschwinden lenken? Darauf gab es nur eine Antwort für den Fall, daß Schwester Hopkins schuldig war: Weil der zweite Mord, der Mord an Mary Gerrard, bereits geplant und ein Sündenbock gewählt war, aber es mußte gezeigt werden, daß der Sündenbock Gelegenheit hatte, an das Morphium zu gelangen.
Gewisse andere Dinge paßten dazu. Der anonyme Brief, den Elinor erhielt. Der sollte Unfrieden zwischen Elinor und Mary stiften. Es war zweifellos beabsichtigt, daß Elinor hinausfahren und sich Marys Einfluß auf Mrs. Welman entgegenstellen sollte. Die Tatsache, daß Roderick Welman sich heftig in Mary verliebte, war natürlich etwas ganz Unvorhergesehenes – aber etwas, das Schwester Hopkins sogleich zu würdigen wußte. Damit war das perfekte Motiv für den Sündenbock Elinor geliefert!
Wo aber war das Motiv für die beiden Verbrechen? Welchen Grund konnte Schwester Hopkins haben, Mary Gerrard aus dem Weg zu räumen?
Ich begann, Licht zu sehen – oh, vorläufig nur ein ganz schwaches. Schwester Hopkins hatte sehr viel Einfluß auf Mary und benützte ihn dazu, das Mädchen zu bewegen, ein Testament zu machen. Aber das Testament brachte Schwester Hopkins nichts. Die Erbin war eine Tante von Mary, die in Neuseeland lebte. Und da erinnerte ich mich an eine zufällige Bemerkung, die jemand im Dorf zu mir gemacht hatte: Jene Tante war Krankenschwester.
Das Licht war jetzt nicht mehr ganz so schwach. Das Skelett – der Entwurf des Verbrechens – begann zum Vorschein zu kommen. Der nächste Schritt war leicht. Ich besuchte Schwester Hopkins noch einmal. Wir spielten beide sehr hübsch Komödie. Am Ende ließ sie sich dazu überreden, mir das zu erzählen, worauf sie schon die ganze Zeit hingezielt hatte! Nur erzählte sie es vielleicht

ein wenig früher, als sie eigentlich beabsichtigt hatte! Aber die Gelegenheit ist so gut, daß sie nicht widerstehen kann. Und schließlich muß ja die Wahrheit einmal bekannt werden. Also zeigt sie mit gutgespieltem Widerstreben den Brief her. Und dann, mein Freund, ist es nicht länger Vermutung. Ich weiß! Der Brief verrät sie.«
Peter Lord runzelte die Stirn.
»Wieso?«
»Mein Lieber! Die Aufschrift auf jenem Brief lautete wie folgt: ›Für Mary, ihr nach meinem Tod zu schicken‹. Aber der Inhalt macht ganz klar, daß nicht Mary *Gerrard* die Wahrheit wissen sollte. Auch das Wort ›schicken‹ statt geben auf dem Umschlag war aufschlußreich. Es war nicht Mary *Gerrard*, an die der Brief gerichtet war, sondern an eine andere Mary. Ihre Schwester, Mary *Riley*, in Neuseeland, hatte Elise Riley die Wahrheit geschrieben. Schwester Hopkins fand jenen Brief nicht im Pförtnerhaus nach Mary Gerrards Tod. Er war seit vielen Jahren in ihrem Besitz. Sie erhielt ihn in Neuseeland, wohin er ihr nach dem Tod ihrer Schwester geschickt worden war.«
Er machte eine Pause. Dann fuhr er fort:
»Sobald ich einmal die Wahrheit erkannt hatte, war das Übrige leicht. Wir mußten nur noch eine Zeugin, die Mary Draper in Neuseeland gekannt hatte, rechtzeitig zur Verhandlung herschaffen.«
»Wie aber, wenn Sie unrecht gehabt hätten und Schwester Hopkins und Mary Draper wären zwei gänzlich verschiedene Personen gewesen?«
»Ich habe nie unrecht!« erklärte Poirot kühl.
Peter Lord lachte, und Hercule Poirot fuhr fort: »Mein Freund, wir wissen jetzt einiges über diese Mrs. Riley oder Draper. Die Polizei von Neuseeland konnte wohl nicht genügend Beweise für eine Anklage zusammenbringen, aber sie hatte sie schon einige Zeit im Visier, als sie plötzlich das Land verließ. Sie hatte eine Patientin gehabt, eine alte Dame, die ›ihrer geliebten Schwester Riley‹ ein

sehr nettes kleines Legat hinterließ. Der Tod dieser Dame kam dem behandelnden Arzt ziemlich rätselhaft vor. Mary Drapers Gatte versicherte sein Leben zu ihren Gunsten mit einer beträchtlichen Summe, und auch sein Tod war ein plötzlicher und unerklärlicher. Unglücklicherweise für sie hatte er wohl einen Scheck für die Versicherungsgesellschaft ausgestellt, jedoch vergessen, ihn abzuschicken. Sie mag auch noch andere Todesfälle auf dem Gewissen haben. Sicher ist jedenfalls, daß sie eine durch und durch skrupellose Person ist.

Man kann sich vorstellen, daß der Brief ihrer Schwester ihren findigen Kopf auf verschiedene Möglichkeiten brachte. Als ihr der Boden in Neuseeland zu heiß wurde und sie nach England kam und ihren erlernten Beruf unter dem Namen Hopkins (eine drüben verstorbene frühere Kollegin von ihr) wiederaufnahm, war Maidensford ihr Ziel. Vielleicht hatte sie irgendeine Form der Erpressung beabsichtigt. Doch die alte Mrs. Welman war nicht die Frau, die sich erpressen ließ, und Schwester Riley oder Hopkins versuchte so etwas auch gar nicht erst. Zweifellos horchte sie aber herum und erfuhr, daß Mrs. Welman eine sehr reiche Frau ist, und eine zufällige Bemerkung der Patientin mag die Tatsache enthüllt haben, daß die alte Dame kein Testament gemacht hatte.

Als also an jenem Juniabend Schwester O'Brien ihrer Kollegin erzählte, daß Mrs. Welman nach ihrem Rechtsanwalt verlangte, zögerte Hopkins nicht. Mrs. Welman mußte ohne Testament sterben, damit ihre uneheliche Tochter ihr Geld erbte.

Hopkins hatte sich bereits mit Mary angefreundet und ziemlichen Einfluß auf das Mädchen erlangt. Was sie jetzt zu tun hatte, war, das Mädchen zu überreden, ein Testament zu machen, in dem es sein Geld der Schwester ihrer Mutter hinterließ; und sie sorgte dafür, daß der Wortlaut des Testaments juristisch korrekt war. Eine Verwandtschaft wurde nicht erwähnt, es stand nur ›Mary Riley, Schwester der verstorbenen Elise Riley‹. Damit unterzeichnete Mary Gerrard ihr eigenes Todesurteil. Die Hopkins mußte nur eine passende Gelegenheit abwarten. Ich glaube, sie hatte bereits alles geplant, samt Benützung des Apomorphins, um sich gegen jeden Verdacht abzusichern. Sie mag beabsichtigt haben, Elinor und Mary zusammen in ihr Häuschen einzuladen, doch als Elinor zum Pförtnerhaus kam und beide aufforderte, mit ihr zu kommen und belegte Brote zu essen, war ihr sofort klar, daß sich damit eine wunderbare Gelegenheit bot. Die Umstände waren so, daß es so gut wie sicher war, daß Elinor verurteilt würde.«

Peter Lord sagte langsam:

»Wenn Sie nicht gewesen wären – wäre sie auch verurteilt worden.«

Hercule Poirot erwiderte schnell:

»Nein, Sie sind es, mein Freund, dem sie ihr Leben zu verdanken hat.«

»Ich? Ich tat doch nichts. Ich versuchte –«

Er brach ab. Hercule Poirot lächelte ein wenig.

»Nun ja, Sie bemühten sich sehr, nicht wahr? Sie waren ungeduldig, weil ich nicht weiterzukommen schien. Und Sie fürchteten auch, daß sie am Ende doch schuldig sein könnte. Also erzählten auch Sie mir mit großer Unverschämtheit Lügen! Aber, mein Lieber, Sie waren nicht sehr geschickt dabei. In Zukunft, rate ich Ihnen, sich an Masern und Keuchhusten zu halten und die Aufspürung von Verbrechen andern zu überlassen.«

Peter Lord wurde rot.

»Wußten Sie es – gleich?« fragte er schüchtern.

Poirot sagte streng:

»Sie führen mich bei der Hand zu einer Lichtung im Gebüsch und helfen mir, eine deutsche Zündholzschachtel zu finden, die Sie eben hingelegt haben! Das ist doch Kinderei!«

Peter Lord wand sich.

»Sie reden mit dem Gärtner und bringen ihn dazu, zu sagen, daß er Ihren Wagen auf der Straße sah; dann zucken Sie erschrocken zusammen und tun, als sei es nicht Ihr Wagen gewesen. Und Sie schauen mich forschend an, um sich zu vergewissern, ob ich auch begriffen habe, daß jemand, ein Fremder, an jenem Vormittag dort gewesen sein muß!«

»Ich war ein großer Esel«, gab Peter Lord zu.

»Was taten Sie an jenem Vormittag in Hunterbury?«

Peter Lord errötete.

»Es war verrückt ... Ich – ich hatte gehört, daß sie da war, und ging zum Haus ... hoffte, sie zu sehen. Ich wollte gar nicht mit ihr sprechen. Ich – ich wollte – sie nur sehen. Von der Lichtung im Gebüsch aus sah ich sie in der Anrichte Brot schneiden –«

»Lotte und Werther! ... Fahren Sie fort, mein Freund.«

»Ach, da ist nichts weiter zu erzählen, ich verbarg mich im Gebüsch und beobachtete sie da, bis sie fortging.«

Poirot sagte sanft:

»Verliebten Sie sich in Elinor Carlisle gleich beim ersten Mal, als Sie sie sahen?«

»Ich glaube schon.«

Ein langes Schweigen entstand.

Dann sagte Peter Lord:

»Je nun, jetzt werden Roderick Welman und sie wohl ein glückliches Paar werden, denke ich.«

»Mein lieber Freund, Sie denken gar nichts dergleichen!«

»Warum nicht? Sie wird ihm die Mary-Gerrard-Episode verzeihen. Es war doch überhaupt nur eine blöde Vernarrtheit seinerseits.«

»Der Riß ist tiefer ...« sagte Poirot. »Zwischen der Vergangenheit und der Zukunft liegt manchmal ein tiefer Abgrund. Wenn man im Schatten des Todes gestanden hat und dann in den Sonnenschein eintritt – dann, *mon cher,* ist es ein neues Leben, das beginnt ... Die Vergangenheit taugt nicht mehr ...«

Er wartete einen Augenblick und fuhr dann fort:
»Ein neues Leben ... Das ist es, was Elinor Carlisle jetzt beginnt – und Sie sind es, der ihr dieses Leben geschenkt hat.«
»Nein.«
»Doch. Es war Ihre Entschlossenheit, Ihre überwältigende zähe Beharrlichkeit, die mich zwangen, zu tun, was Sie von mir verlangten. Geben Sie es zu, Ihnen gehört ihre Dankbarkeit, nicht?«
Peter Lord sagte langsam:
»Ja, sie ist sehr dankbar – jetzt ... Sie bat mich, sie zu besuchen – oft zu kommen.«
»Ja, sie braucht Sie.«
»Nicht wie sie – ihn braucht!« rief der junge Mann heftig.
Hercule Poirot schüttelte den Kopf.
»Gebraucht hat sie Roderick Welman nie. Geliebt hat sie ihn, unglücklich – sogar verzweifelt.«
Peter Lord sagte rauh – mit starrem, grimmigem Gesicht:
»So wird sie mich nie lieben.«
»Vielleicht nicht. Aber sie braucht Sie, mein Freund, weil sie nur mit Ihnen das Leben neu beginnen kann.«
Peter Lord schwieg.
Hercule Poirots Stimme war sehr sanft, als er sagte:
»Können Sie sich nicht mit Tatsachen zufriedengeben? Sie liebte Roderick Welman. Was ist dabei? Mit Ihnen kann sie glücklich werden ...«

Jack Higgins

Jack Higgins (Pseudonym für Henry Patterson; schrieb auch unter den Pseudonymen Martin Fallon und James Graham), geboren am 27. Juli 1929 in Newcastle upon Tyne, England, versuchte sich zunächst in den verschiedensten Berufen (vom Zirkusarbeiter über den Versicherungsvertreter bis zum Angehörigen der Royal Horse Guard) und studierte später an der Universität London Soziologie und Sozialpsychologie.
Higgins hatte bereits eine ganze Reihe von Kriminalromanen und Thrillern geschrieben, ehe ihm mit *The Eagle has Landed* (dt. *Der Adler ist gelandet*, Scherz Verlag 1976) der große, weltweite Durchbruch gelang.
Higgins lebt heute mit seiner Familie – er hat drei Töchter und einen Sohn – auf der Insel Jersey.

Von Jack Higgins sind erschienen:

Heldenspiel
Baron in der Unterwelt
Ein Sarg für Ibiza
Eine Nacht zum Sterben
Das Jahr des Tigers
Schlüssel zur Hölle
Tag der Rache

Dorothy Sayers

Dorothy Sayers, 1893 in Oxford als Tochter eines Pfarrers geboren, studierte Philologie und gehörte zu den ersten Frauen, die die berühmte Universität ihrer Heimatstadt mit dem Titel »Master of Arts« verließen. 1922 ging sie nach London, um ihren Lebensunterhalt mit Schreiben zu verdienen. Ihre berühmten Kriminalromane und Kurzgeschichten erschienen zwischen 1923 und 1939. Danach hatte sie es – bis zu ihrem Tod am 17. Dezember 1957 – nicht mehr nötig, für ihren Broterwerb zu arbeiten.
Mit der Figur des Lord Peter Wimsey hat Dorothy Sayers einen Detektiv geschaffen, der bis heute unvergleichlich ist, weil er (und seine Erfinderin) herkömmliche Fälle zu einem psychologisch außergewöhnlich interessanten, literarischen Leseerlebnis macht.

Von Dorothy Sayers sind erschienen:

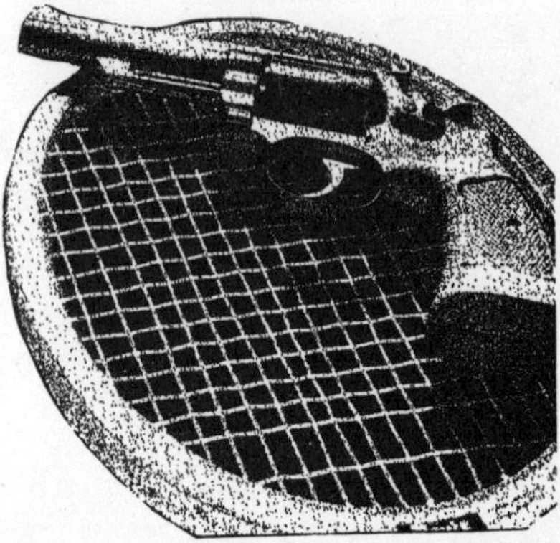

Eines natürlichen Todes
Der Fall Harrison
Feuerwerk
Die Katze im Sack
Lord Peters schwerster Fall
Der Mann, der Bescheid wußte
Der Tote in der Badewanne